死亡遊戲混飯吃。
2
鵜飼有志
插畫—ねこめたる
Kadokawa Fantastic Novels

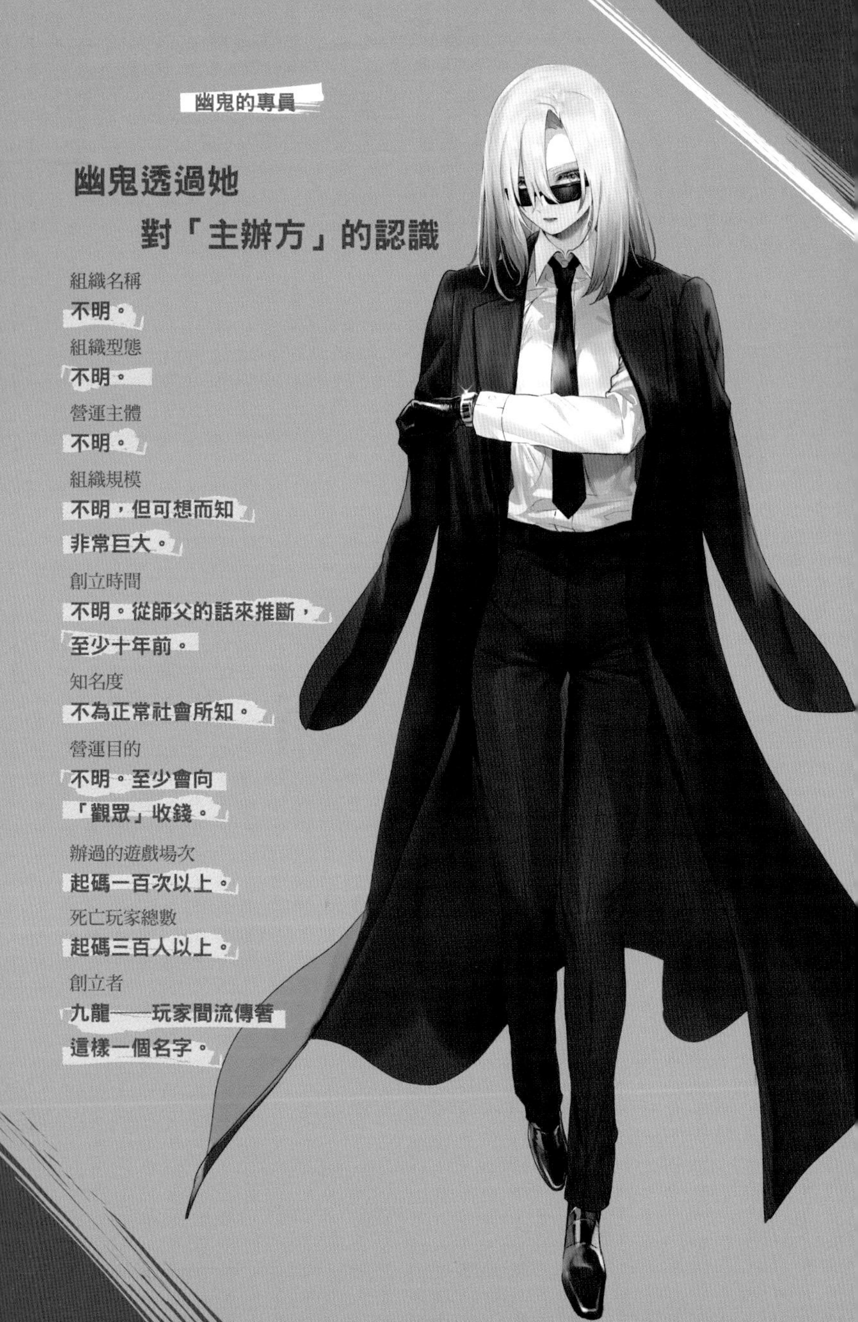
幽鬼的專員
幽鬼透過她
對「主辦方」的認識
組織名稱
不明。
組織型態
不明。
營運主體
不明。
組織規模
不明，但可想而知
非常巨大。
創立時間
不明。從師父的話來推斷，
至少十年前。
知名度
不為正常社會所知。
營運目的
不明。至少會向
「觀眾」收錢。
辦過的遊戲場次
起碼一百次以上。
死亡玩家總數
起碼三百人以上。
創立者
九龍——玩家間流傳著
這樣一個名字。

SCRAP BUILDING
「我最拿手的是——
能很早就看出誰會贏。
請多指教。」
Chie
智惠
毛線
Keito

「『幫妳求個工作』
這種話，
跟『救妳脫離火海』一樣，
態度讓人很不爽。」

靠死亡遊戲混飯吃。

鵜飼有志

插畫—ねこめたる

2

20:23:01:25

Kadokawa Fantastic Novels

CONTENTS

我什麼時候死都無所謂，但至少要贏過她再死。

1. SCRAP BUILDING（第10次）

（0／30）

幽鬼在冰冷的水泥地上醒來。

（1／30）

幽鬼剛醒來就發覺自己躺在水泥地上。那種完全沒在客氣的冰冷，和水泥特有的粗糙觸感說明了一切。

她坐了起來。

身上穿的是白色連身裙。在夏日藍天下很上鏡，電子小說女角色常穿的那種。這就是這場「遊戲」的服裝。和膚色淡如幽靈的她可說是頗為相襯，但是最搭這種服裝的藍天，卻遍尋不著。

四周近乎全黑，是個陰暗的房間。沒有燈，沒有採光窗，卻也沒有完全黑暗。

這是因為牆上有個顯示電子數字的液晶螢幕。放出排列成「05：32：12」的紅光，數字每秒都在減少。看著這剩下五個半小時就要歸零的數字，幽鬼無從判別那是表示五小時後遊戲開始還是結束。

總之，這裡很暗。藉液晶的微弱光線環視四周，可以看出房間有一般家庭客廳大。水泥地上散落著玻璃碎片和木屑，像是在廢棄大樓裡。大概是拿爛尾樓來當遊戲場地了。

幽鬼走了幾步，踢到某個東西。

原來地上有個背包。應該不是原本就遺棄在這裡，而是遊戲的配給品。幽鬼拉開拉鍊查看內容。

東西給得相當慷慨。

幽鬼最先盯上的是應急口糧。以鋁箔紙包裹，一整個應急口糧的樣子。共有三個，於是先試吃了一個。味道像是專做營養飲料的廠商第一次跨足固體食品那樣。幽鬼當下就認定這次的遊戲飯在水準之下。

接著見到的是急救用品。不是醫務兵會攜帶的那種，只有到郊遊登山的級別，非常普通——具體來說就是ＯＫ繃、軟膏、眼藥水和胃藥等常備成藥。無論這場遊戲是什麼類型，這種程度的裝備都不太──不，是絕對不夠用。

幽鬼繼續翻找，看看有什麼好用的東西，結果找到幾種求生用品，這些感覺就挺容易用到的。跟急救用品同樣普通的縫紉包、照明器具，還有小刀、繩索等足以用來殺人的東西。

而最後一樣是──

「……？」

幽鬼端詳了一會兒，歪起了頭。

那是一張白紙，比影印紙略為堅韌，觸感平滑。兩面都是一片空白，一眼看不出用途──會是用來急救的嗎？難道是最近的紗布進化成這樣了，只是幽鬼不知道而已？

折一折，拉一拉，把弄了幾下之後，幽鬼姑且得出結論。然後將翻出來的東西全塞回背包裡，開門離開房間。

走廊的荒廢程度比房間更嚴重，需要走得非常小心，不然腳和連身裙會多出很多洞。同樣沒有燈光，只能憑藉牆上每隔一段就會有的液晶倒數螢幕的光源。

幽鬼的房間旁邊就是樓梯，而她決定先巡完這樓層。背包裡有手電筒，但她還不打算用。這樣的黑暗對夜行性的她還不足以構成影響，手電筒電池也是能省則省。因為在這場摸黑的遊戲裡，照明器具八成是最為重要。幽鬼就這麼小心翼翼地前進。

巡了一輪之後，她從斑駁剝落的樓層平面圖得知這裡是五樓。沒開窗也沒有外來光線，無法判斷時刻。總共有六間房，幽鬼在巡第二輪的路上思考該從哪扇門開起。平常她都是挑最大的門開，這次每扇門都差不多。想不出所以然的她索性亂挑一扇開。

房間大小和幽鬼那間差不多。

裡頭的裝潢都荒廢了，電子計時器散發微光。

有個女孩安穩地睡在冰冷的水泥地上。

「……喔？」

這讓幽鬼覺得很難得。

發現有玩家還在睡的經驗，對幽鬼來說是屈指可數。遊戲前發的安眠藥很有效，使得幽鬼幾乎每次都是最後一個醒。最近她試著慢慢改變生活習慣，所以會是睡眠品質也因此得到改善，抑或是藥效改變了嗎——幽鬼這麼想著接近女孩。

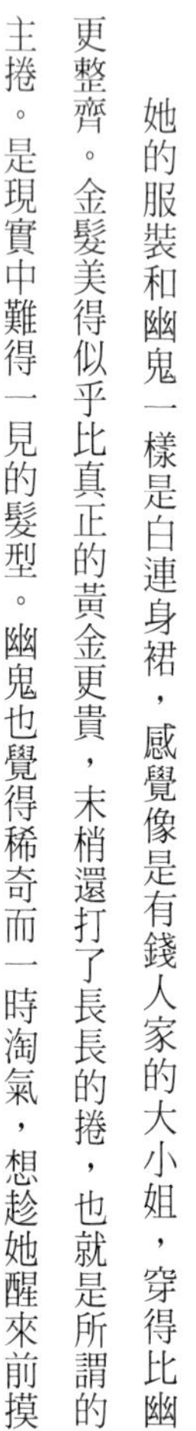

她的服裝和幽鬼一樣是白連身裙，感覺像是有錢人家的大小姐，穿得比幽鬼更整齊。金髮美得似乎比真正的黃金更貴，末梢還打了長長的捲，也就是所謂的公主捲。是現實中難得一見的髮型。幽鬼也覺得稀奇而一時淘氣，想趁她醒來前摸摸看，便躡手躡腳地接近。

就在這時。

女孩冷不防翻了身。

動作很快，使那頭金髮隨離心力飄然擴散，遮蔽了幽鬼貼身距離的視線。很諷刺地，幽鬼想碰公主捲的心願真的實現了，但代價卻是失去全部視野。在視力恢復前，有個冰涼的東西抵住了她的脖子。

她立刻發現那是指甲。

那女孩留長的指甲。

「——妳是哪位？」

女孩有著濃密長睫毛的眼睛眨了一次，並這麼問。

同時，脖子上的壓力變強了。

幽鬼舉起雙手表示投降。

「……我叫幽鬼，幸會。」

（2／30）

接下來的動作就快多了。大小姐氣質的女孩一間間巡房，拍醒裡頭的女孩。不到五分鐘時間，這層樓的所有人就已經集合在一間房裡。

「只有這間沒人呢。」

大小姐環視房間說。

「不知道是單純沒人，或者是玩家已經躲起來了……總之遊戲開始以後就會知道了。」

大小姐的視線移向她集合起來的所有玩家，幽鬼也隨她的視線看過去。含幽鬼和大小姐在內，共有五人。看起來全都是未成年少女，且全都穿白連身裙。幽鬼不禁想，為何這次是白連身裙。難道場地是廢棄大樓，所以用「女鬼」形象嗎？這麼說來，幽鬼可說是比誰都適合這場遊戲。

「首先就老規矩，從自我介紹開始吧。」

大小姐對幽鬼說。

「不過呢，大半我都已經認識了。」

「咦？」

幽鬼重新掃視眾玩家。巧的是，她們的視線也聚集在幽鬼身上。

「那個……妳們該不會都認識吧？」

「是啊。在過去的遊戲裡，我們一起出場了好幾次，不認識的只有妳而已。」

幽鬼則是一個都不認識。三個月前的遊戲——「CANDLE WOODS」，使得玩家換了一大批。她們多半就是那場遊戲之後才進來的玩家。

「那就從我開始吧。」幽鬼說道。雖然不知道在「那就」什麼，幽鬼仍然繼續說道：

「我叫幽鬼，這是第十次參加遊戲。距離上次隔了一段時間，但我應該還是能發揮一點作用的。」

幽鬼沒錯過大小姐在聽到「第十次」時皺了眉頭。很可能是因為她不到十次。既然她是「CANDLE WOODS」後才加入的玩家，這是正常的事，其他三人亦如是。

「請多指教。」

幽鬼如此結尾，稍一鞠躬。

「……就這樣而已？」大小姐回問。

「還要什麼？」

「例如有什麼技術，會做些什麼。這都不說的話，很難決定該怎麼用人呢。」

幽鬼是第一次被人這樣說。遊戲開始時，她的習慣是只說玩家名稱、遊戲次數和幾句寒暄就結束了。這讓她感嘆自己真的空白了太久，遊戲生態在她不在的期間變了很多。

幽鬼想了想，說道：「……那個，這次感覺像是逃脫型的遊戲……我還滿會看有沒有陷阱的，也有一點近距離搏鬥的技巧。比較弱的就是，那個……需要知識的遊戲。因為我沒什麼上學。」

接著往大小姐看，問：「這樣可以嗎？」

「哎，可以了。這樣我了解了。」

幽鬼不禁覺得這個人說話刺耳。接著大小姐又說：

「再來就換我吧。我名叫御城，這場是第八次。我對領導能力頗有自信，平常都是負責指揮。」

這位公主捲大小姐的確是有遊戲場次最多，總是扮演隊長的感覺。也難怪她對幽鬼態度帶刺。突然來了個經驗比她豐富的玩家，難免會不是滋味。

「下一位。」御城將手伸向身旁的女孩示意。「我是，言葉。」那位女孩以不習慣說話的聲音說。

「我是第五次參加遊戲。那個……在知識方面，我想我可以提供一些幫助。」

很有圖書股長的感覺。言葉這名字、自稱長於知識，和她眼鏡底下不敢抬起的視線，都令人印象深刻。

眼鏡這點就很有特色了。戴眼鏡的玩家數量——其實也不必多提——是極度稀少。玩家參加遊戲前，必定都會接受幽鬼稱為「防腐處理」的事前準備，視力將因此矯正不少。不知是她視力差到連主辦方的醫療技術也解決不了，還是眼鏡只是裝飾，或因為那是奶奶的遺物之類不尋常原因而戴的呢？幽鬼想問得不得了，但現在不是那種場合。

「怎麼可以只是『我想』呢？」

御城閉著眼睛說：

「都說過多少次了，話不要說得那麼沒自信。在賭命的遊戲裡，這樣的態度很不可取。」

「啊……唔，對不起。」

言葉低頭道歉。該怎麼說呢，感覺好尷尬。可以看出這兩人平常的關係。

「就這樣。」言葉交棒給下個女孩。「我是智惠～」女孩的語尾拉到都能看到一條線了。

「這次應該是第四次，平常都扮演……怎麼說呢，鼯鼠的角色？什麼都會，什麼都不突出的感覺。請多指教～」

是個八面玲瓏的女孩，褐色的頭髮束成側馬尾。每個班級都會有個不屬於特定小圈圈，卻能融入每個圈子的女孩，她就是這樣的人。

那善於做人處事的感覺讓幽鬼很好奇她為何會想參加死亡遊戲，但現在一樣不是那種場合。「下一位～」幽鬼只能含著手指看她交棒。

「我是毛線。」

話停之處，那女孩露出怪異的笑容。

「這是我第六場遊戲。最拿手的是──能很早就看出誰會贏。請多指教。」

說到「誰會贏」時，她對御城眨了個眼。

感覺非常可疑。體型細瘦得像毛線，帶著頗為神祕的微笑。怎麼看都是個女孩子，氣質上卻不知為何像是專靠甜言蜜語誘使客人掏出大筆錢財的男公關，或是專挑搞笑藝人走紅時瘋狂吹捧的電視節目製作人之類，有種並非善類的感覺。

幽鬼推測，她就是所謂的「跟屁蟲」。善於找出強者，加以諂媚討好，讓對方帶她活下去。這裡的「屁」，想必就是那位大小姐了。就經驗上來說，這樣的人特別長命。但由於精神上難以獨立，絕不會成為頂尖玩家。

這樣五個人都自我介紹完了——至少，在場的做過了。

「會有第六個嗎？」幽鬼問。

整層樓六間房裡，只有這裡沒人，表示可能有第六人存在。其實場地並不是每次都會符合玩家數量，類似這樣，單純有多餘房間的案例也不少。不過這畢竟是死亡遊戲，再小的不自然也值得懷疑。

「想也沒用。」

金髮大小姐御城說：

「我先前也說過了，這是隨遊戲進行自然會知道的事。現在注意力應該放在眼前的事情上才對吧？」

幽鬼不免覺得她是個率性的人，但這的確不是什麼好計較的事，便回答：「也對。」表示同意。

「那麼，我們就來談遊戲的事吧。進行這場遊戲的時候——」

御城對幽鬼瞥了一眼，說出下一句話：

「——就按照平常那樣，由我當隊長。這樣可以嗎？」

（3／30）

最先點頭的是毛線。不愧是跟屁蟲。

圖書股長言葉，與似乎很多朋友的智惠也隨後點了頭。

脖子沒動作的，只有在場唯一的外人幽鬼。

「那好吧。既然贊成占多數，這次也由我——」

「我不是有意見。」

幽鬼想趁現在了解一下。

「可以先告訴我為什麼嗎？畢竟遊戲經驗最多的是我，為什麼妳會認為自己比

較適合當隊長呢？」

「因為合適和信任。」

御城不假思索地回答。

「這不只是遊戲次數的問題。能夠存活和指揮他人，要考慮的事情不一樣。況且，這裡沒有人認識妳。綜合來看，讓熟悉的我作隊長會讓大家比較安心，難道不是嗎？」

確實有道理，幽鬼沒有回話。

「再說——我對妳有點懷疑。」

御城嗤嗤笑著說。

好可愛的笑容，都快迷上她了。如果不帶譏諷，幽鬼已經完全淪陷了吧。

「就我的觀察，妳實在不像有十次經驗的玩家，一舉一動都沒有那麼洗練的感覺。那麼容易就被我壓制，也讓人懷疑『有點搏鬥技巧』的部分。」

「覺得我在吹牛嗎？」

「沒有喔？就只是覺得言行要一致一點比較好。」

幽鬼往其他玩家看，而她們回看的視線表示情勢不利於幽鬼。

她自己也同意御城的說法。除了話中帶刺讓人不太舒服外，御城說得的確沒錯。遊戲次數與領導能力無關是事實，幽鬼沒有當隊長的經驗，御城已有多次是事實，御城的指甲抵在幽鬼咽喉上也是事實。儘管幽鬼不認為自己的舉止像外行人，但事實多半就是她說的那樣。

基本上，幽鬼也不是沒得辯解。她距離上一次遊戲有很長一段空白。在「CANDLE WOODS」以後，她做了一次大掃除，重新檢討生活習慣，還報名了高中夜校，久未接觸本行的事。當然，那一切都是為了提升她的玩家格局。她不得不承認現在這一刻比過去弱，但是等這段過渡期過去——或是「CANDLE WOODS」以前，她不認為自己會輸給這樣的高傲大小姐。

然而在遊戲裡，當下的能力就是一切，找那種藉口很難看。

「那我懂了。」幽鬼收起獠牙。「御城，我認同妳作我們的隊長。」

「那這樣就是一致同意了，開始遊戲吧。」

御城的視線離開幽鬼。

接著往房間牆上的紅色電子數字看。顯示的是「05：11：13」。

「從倒數來看，多半是逃脫型的。我們就直接下樓梯吧。」

逃脫型是遊戲種類之一。一如其名，目標是從特定空間逃脫出去。大部分時候，場地裡到處都有致命陷阱，玩家必須避開陷阱小心前進。大概是遊戲平衡最容易設計吧，這是機率最高的類型。

御城打開腳邊的背包，內容和幽鬼的一樣。她取出手電筒，開了就關。

「各位的背包裡都有這個嗎？」

這次幽鬼也隨其他人點頭了。

「我們一支一支用吧。」御城說：「想看清前方，一支就夠了。現在還不知道電池能撐多久，最好省著點用。」

幽鬼所見略同。若論黑暗有何意義，那就是在這裡。在這場遊戲裡，照明——也就是視野，是個必須嚴加管理的資源。

於是五人來到走廊，在黑暗中排成縱列行走。拿手電筒帶頭照亮前方的勇者，是以猜拳決定為身材瘦弱的毛線擔任。她帶頭打光，其餘四人像ＲＰＧ隊列那樣跟在後頭。

黑暗愈深，神經就愈緊繃。

一行人平安穿過走廊，走下樓梯。

「……啊。」到了轉折處，毛線停下腳步。

「怎麼啦？」

毛線以行動回答御城，照亮了轉折平台的地面。

那裡開了個洞。

足以輕易吞噬一個人的洞。

「啊……這樣啊。」御城明白了狀況似的說：「這裡到處都有坍塌，要是不看清楚腳下，就會像那樣掉下去。」

「不，不只是那樣……」

「？」

毛線往洞裡照，玩家們跟著往裡頭看。「咿……！」智惠還有這樣的反應。

洞底下，有具屍體。

（4／30）

屍體是趴著，看不見臉孔。只知道她同樣穿白連身裙，以體格來看尚未成年。

黑暗模糊了距離感，但她應該是在下一層，也就是四樓落地。頭和身體之間歪成不可能的角度，肯定是死了。

頭部似乎撞擊過地面，「內容物」流了出來。顏色不是血紅色，也不是體液那般透明，而是白色。玩家事先都會接受的肉體改造——「防腐處理」，使得流出的體組織變成布偶棉花那樣的白色絨狀物。這是將遊戲當表演節目經營的主辦方，為不讓畫面太血腥而做的處理。幽鬼沒見過純正的屍體，效果究竟如何，無從知曉。

「她就是第六人吧。」

御城語氣鎮定地說。

「大概是最先醒來，然後到處閒晃，結果就摔下去了。」

這樓層多一間空房的謎，在這裡解開了。

而這可能也解開了幽鬼個人的謎，也就是她這次特別早起的原因。幽鬼的房間就在樓梯旁，這個可憐的女孩摔到四樓時，她房間聲音最大。發現自己的睡眠可能跟過去一樣深，讓幽鬼有些遺憾。

「真是愚蠢，在這種廢墟裡走動也不知道要小心腳邊，而且還沒去叫醒其他玩家……」

御城奚落起來。「就是說啊。」毛線隨之應和。

「等等……那個……」

這時出聲的是圖書股長樣的女孩言葉。

「怎麼啦，言葉小姐？」御城問。

「那個、那個……」

「只說『那個』我聽不懂。」

即使御城如此逼人，言葉仍舊說不上來，最後只好用手指向「那個」。

指頭彼端，是手電筒。

掉在再也不會說話的第六人遺體左手邊。那是她的配給品吧。

見狀，幽鬼發覺真相而「啊」了一聲。「呃，也就是……那樣吧。」她轉向言葉，思考合適說法。

「其實是掉進『陷坑』了。」

言葉的頭點得就像是想那麼說一樣。

燈光掉在身旁，表示第六人——又或許是第一人——是照著路前進。

但她還是摔進洞裡了。

為什麼呢？答案只有一個。這個洞，是她踏上那裡才出現的——換言之，那裡有個「陷坑」。

這遊戲並沒有照亮前路就能安全那麼簡單。

踩中地面脆弱處就會翻船。

這是一場踩地雷遊戲。

（5／30）

一行人來到四樓。轉折平台到四樓之間沒有「地雷」，也沒有玩家受傷。不過這樣短短的距離，已經磨耗她們不少精神，這段時間也耗去了手電筒的電池。

一般而言，大樓樓梯都是直達一樓，但這種遊戲可不會那樣安排。才下一層樓，樓梯就沒了，前方只有吉凶未卜的四樓黑暗。除了到處都有的電子計時器，沒有任何光明。通往三樓的樓梯應該就在某處，可是目前沒有任何線索，只能走一步算一步，沒有別的辦法。

她們先從調查遺體開始。靠近觀察後，得知兩件事。第一，她的確是死了；第二——這點關係重大——她的手電筒已經沒電了。那是因為她死後沒人能關燈的緣故吧。

即使沒能得到額外電池，一行人仍從她的背包搜刮了有用之物，繼續上路。

為順利攻略後續樓層，她們接受了踩到「地雷」就會翻船的事實，稍微改變隊伍。毛線照樣走最前頭，後面四人也照樣隔了點距離跟隨。不同的是，中間多了條繩子。

配給的繩子。

綁在四人的手，以及毛線的身體上。

「有種把人當狗的感覺，不太舒服耶……」

幽鬼看著走在前頭的毛線說。

綁繩的目的自然不在話下，是要在她踩中地雷時拉住她，免得摔死用的。畢竟是要支撐一個人的重量，用手抓或纏在手臂上並不夠，必須緊緊纏在身上。

不過這畫面就很像牽狗散步或是牽奴隸。

「這也是沒辦法的事。比起觀感如何，安全重要得多了。」

御城回答。這樣說，倒也是沒錯。

再說這種對待也不會永遠持續。從頭到尾都讓同一個玩家帶頭，心理負擔會太重，所以說好了每層換人。如果平安無事下到三樓，或是毛線踩中地雷，和第六人一樣死於非命，就重新猜拳找下一個。幽鬼是很想避免走最前面，但完全避開也不好。在幽鬼的預想中，這遊戲恐怕不能那樣玩。

「——毛線，等等。」

幽鬼一這麼說，繩子就像通電了似的，毛線的背影抖了一下而停住。

然後回頭問：「怎麼了？」

「前面有點不對勁。」

幽鬼瞇起眼，要將毛線照亮的前路看得更清楚。

「繞別條路可能比較好。」

「……能請妳說說原因嗎？」

御城問道，且一副「少給我出風頭」的臉，但至少她願意聽人解釋。

「上面有監視攝影機，位置很明顯。」

幽鬼指著接近頂部的位置說。毛線的燈光被吸過去似的移動。

那裡的確有個攝影機，沒有精心掩藏，尺寸也不小。不是用來監視，而是宣告有在錄影，警告他人別輕舉妄動的那種攝影機。

「虧妳看得見。」

幽鬼回答智惠：「因為我夜視能力還不錯。」

「可是有攝影機又怎樣？那種東西這裡多得是吧？」

這遊戲畢竟是一場表演，只是幽鬼等玩家平時不太理會這件事而已。她們的一舉一動，都會不停地播送到愛看表演的「觀眾」眼前。因此，場地裡任何角落——當然是不考慮合法與否的「任何角落」——都裝有監視攝影機。有攝影機是很稀鬆平常的事。

「問題在於擺出來給我們看。故意擺那麼大一台攝影機，不覺得有問題嗎？」

「妳是說那是在故意表明陷阱的位置嗎？為什麼？」

「為了讓節目更好看啊。就跟整人節目的攝影機，會故意放在差那麼點就會被人發現的邊緣一樣。」

御城不知是接受了幽鬼的說詞，還是早有定論，只是想唱唱反調，抑或是心裡不能接受，但有不好的預感呢。

無論如何，御城回答：「那好吧。各位，我們折回去。」

一行人士法煉鋼的探索就這麼出現了頭一次變化。她們返回來路，在三岔路口選擇中間，又是毛線帶頭。

可是不到一分鐘，幽鬼又喊停了。

「這邊也怪怪的，我們回去吧。」

「……這次又怎麼了？」

御城眯起眼，看著頂部問。

「看來沒有攝影機啊，妳喊停的依據在哪裡？」

「……直覺吧。女性的直覺。」幽鬼以老套的說法回答。

不是打馬虎眼，只能說真的是直覺。這條路乾乾淨淨，反而可疑。綜合不再那麼緊張的場地、玩家間略顯鬆弛的氣氛、這裡在整棟建築的位置、此刻在遊戲中的時間點，以及主辦方過去的手法等因素來看，這條路讓人感覺不太舒服，就只是這樣而已。幽鬼不知道該如何解釋清楚，總之就是覺得這裡比先前有攝影機的地方還更可疑一點，不，是非常可疑。

「我不太會說，但我覺得不要走那條比較好。」

「幽鬼小姐。」

御城眼神冰冷地說：

「本小姐現在還有心情包容妳。」

「妳在說什麼？」

「我了解妳的想法，可是我還是希望妳勇敢做出正確的決定。這樣的話，至少還能一起走下去。」

「有話就直說，不要拐彎抹角。」

「可以嗎？那我就不客氣了——請妳不要死要面子好嗎？」

這時，黑暗籠罩了她們。

毛線關掉手電筒了，是覺得會拖很久吧。

「妳是吹噓自己是第十次，所以沒台階下了吧？需要一直裝出有十次的樣子。『感覺有危險』這招實在很不錯，只要折回去，謊言就不會拆穿了。但是我勸妳，不要在生死關頭搞這一套。」

少在那邊亂編故事。幽鬼心想。

「少在那邊亂編故事。」幽鬼就這樣想到什麼都直說了。

「很會胡思亂想嘛。我看妳還滿適合玩這種遊戲的喔，御城。」

「毛線小姐，不要理她，請繼續向前走。」

毛線點起了燈，面泛不安。「真的可以嗎？」

「可以。她的話當耳邊風就行了。」

有沒有搞錯。幽鬼心想。真的不想先折回去嗎？因為有人說可疑就要強行直走，這不也是死要面子嗎？

幽鬼往其他玩家——智惠、言葉和毛線看。智惠尷尬地別開眼睛，言葉像是在想事情，沒和幽鬼對上眼。毛線則是看了看御城和幽鬼，說道：「我繼續走。」

在幽鬼眼裡，她的腳步特別緩慢。

前進了一步。

兩步。

三步。地面仍未坍塌。

「…………」

幽鬼鬆了口氣。

「幽鬼小姐。」

御城開口了。眼神還是一樣冰冷，但帶了點施捨。

「什麼時候都可以，只要妳願意道歉，我可以當作沒發生過。」

幽鬼有種心臟充血的感覺，回答：「我考慮考慮。」

（6／30）

幽鬼要辯也是可以辯。她充其量只是說「怪怪的」，沒說路一定會垮。而若論會不會垮，當然是不會垮的機率比較高，賭這個一開始就對幽鬼不利。就算有地雷的機率只有5％，甚至1％，危險或可疑程度只有那麼一丁點，也足夠她折返了。所以不能因為最後沒有陷阱而指責幽鬼扯謊。

理論上是這樣。

但問題是現實的氣氛。

幽鬼不認為搬出這樣的論述會讓風向變好。路沒有坍，幽鬼猜錯了，事實勝於雄辯。那個叫御城的假大小姐，雖然玩家能力三流，很不像話，可是她的個人魅力，或者說掌握主導權的能力，的確是有兩下子。現在情勢是對幽鬼不利，只能忍氣吞聲。

沒有「地雷」爆炸。

一行人平安攻破四樓，找到樓梯前往三樓。樓梯照例只有一層樓的份，與四樓同樣的黑暗在等著她們。玩家們進行了決定命運的猜拳，這次由眼鏡妹言葉帶頭。在她身上綁好安全繩後，一行人就和四樓一樣，在她的帶領下開始探索。

就在這不久之後，言葉手中的手電筒沒電了。

這已經是第二支了。毛線的手電筒已在五至四樓的路上壽終正寢，途中拿了言葉的手電筒，來到三樓時已經沒剩多少電了。

換言之，探索四樓一個樓層就用掉了兩人份的電池。還剩三個樓層，而電池只有三人份。若維持原來用量，玩家必定會在逃脫前失去光源。

面對如此現實，隊長御城只說了一句話——

——接下來動作要快一點。

「欸，這樣下去不行吧。」

沒人理會幽鬼這句話。

「事情並不是動作快一點就來得及那麼簡單。這個遊戲本來就是設計成電池不夠用。」

幽鬼仍繼續說，但別說御城，智惠、毛線和言葉都不予理會。感覺像真的成了幽靈一樣。

「電池有五人份，共有五個樓層。現在在四樓就大概用掉了兩人份的電池，照這樣來算，到二樓途中就會用光所有電池，還剩一層樓半。只靠加快腳步補不了這麼長的距離。」

從剛下三樓——也就是言葉的手電筒沒電開始，幽鬼這場闡述已見的演講一直持續到現在。

可是她們心中，已經把幽鬼「定位」了，不會把她的話聽進去。幽鬼自己也很清楚，不過這可是死活問題。照現在這樣走下去，會危及幽鬼自己。

「現在一定要設法節約用電，一定要在三、二、一樓找地方關燈不用。也就是說……推論的喔，很可能樓層愈低，陷阱愈危險。因為這會讓『早點節約用電』有好處，遊戲也比較有意思。」

即使覺得自己話說得有點亂，幽鬼仍然繼續。她也不得不承認自己開始急了。

「現在還來得及。主辦方預想的攻略流程應該是我們會在四樓注意到這件事，然後在三樓開始執行。所以現在這裡——三樓的陷阱還不至於絕對會搞死人。相反地，到了二樓就來不及了。會陷入一動就死的局面，讓人不曉得該怎麼辦，可是這樣下去也是等死。這就是主辦方設想的壞結局路線。不要執迷不悟，現在這樣是自掘墳墓。」

幽鬼也不喜歡自誇，但她覺得自己實在說得不錯。

理論上沒有破綻，話也說得很好懂，然而還是沒人願意聽進去。幽鬼不禁想，究竟是哪裡不行呢。從至今的表現來看，她們不相信幽鬼無可厚非，但好歹必須認同這套理論，認為它合情合理才對。這麼明確的事，怎麼會不懂呢？幽鬼實在不明白。最近她開始上學，對社交能力有點自信，可是人心就是這麼難以捉摸。

在幽鬼發悶時，隊伍忽然停住了。

源自最前頭。言葉停下了腳步。

「……？怎麼了，言葉小姐？」御城問。

言葉以兩腿張開的跨步姿勢靜止不動。像在奇怪的時機被迫玩起一二三木頭人，或是發條完全鬆了的步行機器人那樣。

她保持那樣的姿勢，只轉動脖子以上說：「那個、那個……」

「那個什麼？趕快說，少浪費電池。」

言葉在她的催促下不是繼續說，而是先關手電筒，然後在黑暗中說：

「有、有地雷。這裡有地雷。」

「前面有洞嗎？妳是怎麼看出來的？」

「不……不是那樣，我不是那個意思！」

言葉難得那麼大聲。

「我踩下去以後感覺怪怪的！這、這裡……有埋東西！有真的『地雷』！」

（7／30）

電影裡常有的那種。

一行人在叢林中前進，其中一人腳下感覺不對勁，低頭便見到圓形鐵盤，踩中地雷了。於是他們不得不暫停行軍，找附近石頭過來壓，以免地雷跳起來。

每次看到那種情節，幽鬼就忍不住想為什麼不設計成踩了就爆？為什麼偏偏是像滑鼠那樣放開才爆？幽鬼知道的不多，但她想大概是因為那並不存在。就跟時代劇裡的馬其實比當年高大很多一樣，都是為了讓戲劇更好看。

可是那虛構的產物，出現在她們眼前了。

「那個、那個那個那個這個——」

言葉跳針了。

「保持冷靜。」御城說：「維持現狀，保持這個姿勢別動。」

「好……」

言葉都快哭了。踩中了地雷，這也是沒辦法的事。

幽鬼覺得這是個好機會，戳了戳御城的肩膀。她也無法忽視物理接觸，視線轉向幽鬼。

幽鬼露出「看到了吧？」的臉。

「……哼。」

御城隨即撇過頭去。

當然，這件事不過是告訴她們三樓的陷阱比四樓強罷了。是否真該節電，二樓陷阱是否更強都是未知數。但儘管只料中了一部分，對方仍不得不承認幽鬼推測正確。那聲「哼」裡有這樣的意思。

「總之……只能學電影那樣死馬當活馬醫了。」

御城放下背包，倒過來倒出內容物。「妳要做什麼？」幽鬼試著問。

「那還用說嗎，我要裝水泥塊進去拿來壓地雷，不然重量應該不會夠。」

——不錯嘛，還是有點概念。

幽鬼本來還打算，如果她沒想到就跳出來給她指點兩句。這讓她決定取消三流評價，至少有二流。給她這點認同倒也不是不行。

這裡是廢棄大樓，周圍廢料多到在裡頭走路想不受傷都有問題，想找東西塞背包並不難。

「麻煩妳們啦。」

御城這麼說著交出背包。「除非炸到要害，不然應該不至於致命……但還是得小心一點。」

「……知道了。」

一行人就此遠離地雷——也就是言葉，拐個彎，避免遭爆炸波及。現在還是三樓，地雷威力或許不會太大，但考慮到言葉有可能會沒踩好，還是得小心為上。說起來是挺無情沒錯，可是留在原處也無濟於事，只能希望她別見怪了。

「可以了。」御城發出信號。

一行人屏住呼吸，幽鬼在心中倒數。

十秒過去。

二十秒。

三十秒。在這之後也什麼都沒發生。

「……結、結束了……可是。」

終於，有道弱小到不行的聲音傳來。

緊繃的氣氛隨之放鬆下來。

「總算解決了……」

御城說道：

「言葉小姐，辛苦妳啦。為安全起見，以後要避開這條路了，回來吧。」

「好、好的！」

言葉大聲回答。她被地雷嚇壞了吧，都聽得見她回來的腳步聲。

其中，還夾雜著拖行聲。

幽鬼立刻想到那是什麼。

「啊，言葉！注意繩子——」

慢慢地小心回來。

——話沒能說完。在那之前已經有叩地一聲，地獄掀鍋了似的低沉聲響。

幽鬼整條背脊都涼了。

「啊——那個笨蛋！」

御城叫道。在那張嘴罵出下一句話之前——

（8／30）

聲音是碰沒錯。

沒想像中大，也沒比較小，就是個爆炸聲。被爆炸加溫且吹過來的廢料爭先恐後地噴出來打在牆上，再彈到幽鬼她們身上，她們只好就地縮成一團保護自己。然而爆炸對她們造成的威脅也頂多是這樣而已，四人都沒有值得一提的傷勢。事前避難奏效了。

可是——

可是，另一個人就——

「言葉！」

叫的不只幽鬼一個，其他人也時機各異地喊了她。她們穿過火藥味濃烈的走廊，煙塵使得手電筒失去作用，眾人只好以摸索的方式了解狀況。

首先，沒路了。

地面被炸出了一個大洞。儘管走廊已經很寬了，路仍從左端一路垮到右端，整條路都垮了。可以推知，縱向範圍也是那麼大，也就是說不可能直接跳到對面去了。

然後，言葉不在這一邊。

別說她的人，就連像是她的東西也找不到。如果被炸得四分五裂，好歹也會剩下一些肉屑。既然連這也沒有，所有人都認為她就是被炸到對面去了。

另外，她們也發現了害她遭遇不幸的犯人。

那就是綁在她身上的安全繩。

幽鬼將它撿起來看。想當然耳，繩子炸斷了。幽鬼懊惱自己沒能早點提醒。在絕不能動的東西旁邊，有「這種東西」在動來動去的事實，應該受到更多重視才對。然而陰暗環境成了幫凶。別說幽鬼她們，就連言葉自己都肯定忘了身上還有這東西。

前面叩地一聲八成就是背包倒下的聲音，繩子是怎麼勾倒背包的就不知道了。能知道的有兩件事，第一是走廊上多得是廢料能影響繩子的路徑，第二是在這種地方慌張跑起來，完全無法想像繩子會以多大的力道勾倒背包。

不久煙塵散去，幽鬼開燈照了照前方。

言葉她——在那裡。

「——！」

幽鬼聽見有人倒抽了一口氣的聲音。

但她卻反而鬆了口氣，因為言葉仍維持人樣，只是雙腳被炸斷，化為棉花的血液散得到處都是。呈現趴姿的言葉似乎失去了意識，但是就幽鬼來看，那還不至於喪命。

幽鬼猜得沒錯，三樓的陷阱沒那麼致命。

「言葉小姐！聽得見嗎！」御城喊道。

言葉沒有回答，也沒有動靜。果然是昏倒了。

「……她已經不行了。」

大小姐嘆口氣說：「幽鬼小姐，請把燈熄了。這樣照她的慘狀也不好。」

「咦……」

幽鬼遲疑了。電池寶貴，所以燈關是關了，但忍不住問：

「難道妳是要拋棄她？」

「什麼拋棄不拋棄，那看起來像是活著嗎？」

「不，她還活著。我們有『防腐處理』，那樣還不算什麼。」

這遊戲的玩家無一例外，全都接受了稱為「防腐處理」的人體改造。此效果使她們不再有體味，身體被炸掉一半也不會失血致死，屍體日曬雨淋也不會腐爛。「防腐處理」的首要目的是讓玩家死狀不會太難看，同時也讓玩家的身體變得更加強韌了。雙腿被炸斷雖不至於算不上受傷，但也不會是致命傷。其實，幽鬼甚至有過在遊戲裡被切斷四肢的經驗，現在還不是活蹦亂跳。

「她是有可能脖子已經折斷，或是腦袋已經開花了。但是就這裡看來，那還沒有危及性命。」

「我指的不是性命，是她的玩家生命已經結束了。」

「啊？」

「她可是兩隻腳都沒了耶？那樣是要怎麼回遊戲裡來？妳要像背包一樣揹著她嗎？就算她這樣能夠活下來，那樣的傷勢能夠完全治好嗎？」

遊戲裡，玩家的性命輕如敝屣；到了遊戲外，反倒是保護得挺周全。每次遊戲結束後，主辦方都會提供免費醫療協助。「防腐處理」的存在，使得能夠治療的傷勢大於正常人。即使是斷手斷腳，也能像縫布偶那樣輕易接回去。可是，被炸成稀巴爛以後，主辦方醫療技術再高也回天乏術吧。

「她回來當玩家的可能完全是零。」

「或許是這樣沒錯。」

「而且，去救她是要付出代價的。找路繞過去，就得花費額外電池，還要冒險躲開本來不會去踩的地雷。她值得妳付出這樣的成本嗎？」

「——妳是想說CP值太低嗎？」

「不挑用詞的話，是這樣沒錯。」

幽鬼往其餘兩人——智惠和毛線看。

「……呃～這也是沒辦法的事啦。」智惠說：「我們組隊是為了幫助彼此生存下來，團隊意識當然是有，但那不等於要不顧自己去救別人吧。而且這一次，不是言葉自己要笨嗎，丟下她也沒什麼不對的。」

「我跟她一樣。」毛線應和道：「使用額外電池，把所有人都害死才是最糟的狀況。妳自己不是才說過要節約用電嗎？」

幽鬼皺起眉頭。

不是覺得她們無情。

不管怎麼說，這都是個自己比別人重要，利他輕於利己的遊戲。現在連言葉的狀況都無法確定，是生是死都不曉得。就算她活著也沒辦法走路了，勢必要找個人揹。想揹著這種貨真價實的包袱活下來，未免太過天真。御城她們的判斷，幾乎在各方面都相當妥當。

但是，很可惜。幽鬼這麼想。

「那我自己去救她。」

幽鬼說：「這樣妳們就管不著了吧？」

「不，還是得管。」御城反駁道：「幽鬼小姐，既然妳認同我當隊長了，我就不能容許妳專斷獨行。如果妳說什麼都要去——」

御城對幽鬼伸出右手。

「就請妳把妳的手電筒交給我們。」

幽鬼往握在手裡的東西看。

手電筒，這場遊戲的生命線，她們五人非得集體行動不可的最大理由。剛才只花了幾十秒來找言葉，電池可說是沒怎麼用到。

但幽鬼卻回答：「那好吧。」直接將手電筒拋給她。

「這樣就沒話說了吧。」

御城為如此胡來的行動愣了一下，隨即收回錯愕，打開手電筒再關上，檢查幽鬼是否抽掉了電池。

「……的確是呢。」

御城又接著說：「真遺憾，本來還打算給妳加點分數呢。」

「我也很遺憾。」

幽鬼臨走時說道：

「妳們，都還不懂這遊戲在玩什麼。」

（9／30）

幽鬼與御城等人分開，在黑暗中前進。儘管她對預判陷阱的有無有點自信，但想在一片漆黑中找陷阱仍是痴人說夢。繞路尋找言葉的路上，幽鬼就中了兩次陷阱。其中一次和言葉一樣，是地雷。附近正好有大小合適的水泥塊，靠它擺平了一次。第二次是炸彈本身就擺在地上，藉絆索啟動。設定上距離爆炸還有點時間，得以衝進附近房間逃過一劫。

尋找言葉並沒有花太多時間，因為幽鬼走得沒有御城隊那麼慢。一個人走比集體走快多了，這是單獨行動的少數好處之一。

幽鬼趕到言葉身旁。她依然是趴姿，依然是缺了雙腿。沒有炸成稀巴爛，但也不是單純斷了那麼簡單。幽鬼曾試著找她的腿，但沒有找到，只能看到棉花。很可惜，言葉恐怕是沒機會修復雙腿了。

接著幽鬼拿走了言葉的手電筒，開燈確認功能時，發現她的眼鏡掉在附近。一邊鏡片破裂，鏡框也有點歪，但還是堪用。經過爆炸還能這麼完整，已經是奇蹟了。戴眼鏡的人失去眼鏡，比失去雙腿還要致命得多。幽鬼將言葉翻過來，要替她戴上眼鏡。

結果發現她的眼睛是睜開的。

「啊……幽鬼……」

而且還說話了，只是口齒有點模糊。

原來她還有意識，而且能夠說話。「妳知道這是哪裡嗎？」幽鬼問。

「遊戲場地，廢棄大樓……」

「妳叫什麼名字？」

「琴乃詩織。」

「說玩家名稱就行了。」

「……言葉。」

「還記得自己怎麼會這樣嗎？」

「我踩到地雷……繩子勾到……」

看來是沒問題了。失去雙腿當然是大問題，但似乎沒危及性命和腦機能。

幽鬼的視線離開言葉，移到她的背包上。背包和她人一樣仍維持原狀，但破了

個無法修復的大洞，裡頭的東西幾乎要掉出來。幽鬼認為背包不能用了，便開始翻裡頭的東西。

「妳為什麼，要來找我……？」這當中，言葉說話了。

「賺分數啊。」

幽鬼回答，並從言葉背包裡的內容物找出有用的，放進自己背包裡，將說「賺分數」時正好拿在手上的東西拿給言葉看。

那是用途依然不明的白紙。

「這場遊戲裡，情分很重要。」

「……難道會是……那樣嗎？」

言葉的回答獲得幽鬼的讚嘆。這位有著圖書股長氣質，看似知書達理的女孩，已經明白了這場遊戲的結構。

幽鬼將背包揹在身前，將背後讓給言葉，並說：

「言葉，妳好輕喔。幾公斤啊？」

「之前量的時候是四十五……」

「那現在差不多剩三十吧。」幽鬼笑道。

「……不好笑啦。」言葉緊緊抱住幽鬼胸口。

（10／30）

幽鬼繼續在黑暗中前進。一路上只能聽見自己的腳步聲，大概是御城她們已經下到二樓了吧。幽鬼尋找看似有人經過的路線，跟隨御城她們的腳步走。

拐彎後，用手電筒指向路前方。

照一下就關掉了。

是為了查看有無陷阱。接著憑藉暫留於眼中景象避開廢料向前進。

「……幽鬼，妳好厲害喔。」言葉開口說。

「咦？」

「那樣照一下就知道有沒有陷阱啊……？」

找到言葉後，幽鬼一直都是這樣走。從不維持燈光，只憑一瞬的照明查看是否安全。這是為了節約用電。

「嗯，還好啦。」

幽鬼回答：「看陷阱這種事，基本上是靠直覺，看一下子就夠了。當然，一直開著會最安全。」

說穿了，這是因為她在跟隨御城她們的腳步。有人走過的路線，可以當作沒有陷阱。

「幽鬼，看來妳是真的玩了十次呢。」言葉問。

「一開始不相信啊？」

「對不起。老實說……」

「……也是啦，我很久沒玩了，看起來不像也是難免。」

幽鬼握緊左手再打開。感覺漸漸回來了，但與最佳狀況還有段距離。

「妳為什麼回來玩遊戲？」

「沒有啦，我很久沒玩也不是退休，就只是上次遊戲改變了我的人生宗旨，重新審視了自己的生活方式有的沒的，所以間隔就拉長了而已。」

「上次遊戲……那是什麼時候的事？」

幽鬼心想，這個人看起來頗內向，居然挺愛追根究柢的。說不定是圖書股長求知慾特別旺盛。

「這個嘛，大概是三個月之前……」

「啊……所以妳是『CANDLE WOODS』之前就在玩了嗎？」

幽鬼很驚訝。「妳知道『CANDLE WOODS』啊？」

「我是聽專員說的。那次讓玩家一下子少了非常多……需要儘快補充，所以找上了我。」

不出所料，言葉是「CANDLE WOODS」之後的玩家。「御城和智惠她們也是這樣嗎？」幽鬼問。

「對，我們都是在前不久的遊戲裡認識的。那次玩家大概三十個，每個都是第一次……我們在那時組成了一隊。」

就幽鬼所知，新手幾乎不會單獨參加，都是一次找一批來參加遊戲，這是因為有過一次經驗的玩家與全無經驗的玩家之間的實力差距非常巨大，需要做出平衡。在「CANDLE WOODS」之後補充的玩家，容易有在別場遊戲齊聚一堂的機會。也難怪幽鬼以外的玩家會形成小團體了。

幽鬼將注意力投向前方，三樓的黑暗仍在繼續，心想該換自己發問了，便說：

「妳是第五次參加遊戲嘛？」

「對。」

「像妳這樣看起來老老實實的女生，為什麼會來參加這種遊戲？是因為家裡欠債嗎？」

這遊戲給予玩家的最淺顯報酬，就是金錢。金額人人各有不同，但好歹都會有幾百萬入帳。不問資格、經歷或國籍，只需辛苦幾天就能拿到這樣的金額，實在非常誇張。不過幽鬼很清楚，玩家來參加遊戲要的不會只是金錢。

「……這個……」言葉顯得難以啟齒。

「不方便的話也不用回答啦。」

「啊，不，不是……也不是什麼丟臉的事……」

言葉鼓起勇氣似的深呼吸，說道：

「……我想早點退休……」

「…………」

……嗯～很實際。即使揹著言葉，幽鬼仍聳了肩。

「我想遠離人群。妳看嘛，這年頭的人不是都不知道在想什麼嗎？什麼冷笑主義、馬基維利主義、公正世界理論，根本是集體歇斯底里。我實在不想在那種社會裡生活。所以想早點存到錢，躲到物價低的國家隱居起來。」

幽鬼心想著言葉殘缺的身體，問：「那加上這次獎金有夠嗎？」

「只能過得很節儉，說不定要想其他辦法了……」

幽鬼不知這時候該不該苦笑，便含糊地「喔……」了一聲。

「那幽鬼妳是為了什麼？」言葉也問。「如果不方便，那就……沒關係。」

「我啊，是為了連勝紀錄。」

幽鬼回答：「我的目標是在這個遊戲裡達成九十九連勝。」

「九十九……真的？不是一百，是九十九？」

「因為目前的最高紀錄好像是九十八連勝，所以先定九十九。如果想要數字好看，挑戰一百連勝也可以，不過呢，這畢竟是在賭命，還在想要不要。」

「……好誇張的目標喔。」言葉說：「創下新紀錄以後會有什麼嗎？」

「什麼都沒有，就只是個新紀錄而已。說不定會有獎盃，但至少我沒聽說過。更何況目前最高九十八連勝的紀錄都很可疑，在我直接有見過面的玩家裡，最多是九十五次。」

言葉沉默不語，可以感到背後傳來她的疑惑。至於她在疑惑什麼，自然是不言

而喻。

——破這種紀錄到底有哪裡好？

幽鬼對這個疑問沒有明確答案。她的語言能力，還不足以清楚表達「CANDLE WOODS」給了她什麼。

「是為什麼呢……這個嘛……」

苦思到最後，幽鬼說出了下面這句話：

「就是想要個目標吧，什麼都好。」

「是喔……」

言葉的反應不太好。

幽鬼的唇角揚了起來。

感慨地想著，師父或許就是這種心情。

閒聊之中，幽鬼發現了往二樓的樓梯，照了一下轉折平台就下樓。然後在平台一八〇度轉身後，又往下照一次。

「咦……？」言葉傻住了。

「什麼情況？」幽鬼也跟著一愣。

樓梯，在這裡斷了。

（11／30）

不是到底，是斷了。三樓往二樓的樓梯，應該存在於轉折平台之下的後半段整個沒了。再下去就是二樓地板，高度讓人無法說跳就跳。

「……什麼情況？」

幽鬼望著下方，又重複一次。

「算是一種……變形的陷坑嗎？」

「說不定是『單行道』的意思。」言葉說道：「會不會是下到二樓就回不來了的意思呢？」

「突然感覺好危險……」

幽鬼再次打開燈光，目測與地面的距離。

「只能下去了吧。會有點晃，妳忍一下。」

「好。」

幽鬼向前走，但沒有直接往二樓跳。一手先抓在平台邊緣，先減少自己身高的位能後再放開手，正式往下掉。並善加挪動雙腿，將落地的衝擊分散到全身。言葉也承受了一部分。

然後幽鬼查看四周，二樓依然是烏漆抹黑。如果一直開著手電筒，到這裡就該用完了。在幽鬼的預測裡，這層樓會有致命陷阱。面對如此事實，有過十次經歷的幽鬼仍免不了緊張起來。

但話雖如此，她做的事還是跟先前一樣。瞬間照亮通道，檢查安全，幽鬼和言葉就此入侵二樓。

「沒半點腳步聲耶。」

幽鬼邊走邊說：「就只有我們的腳步聲而已。用老套一點的說法，就是安靜到很詭異。」

「完全都暗的，感覺也很奇怪。」言葉也說：「暗成這樣，如果御城她們有開手電筒，應該會感覺到哪裡有動靜才對。完全沒有就表示……」

「表示她們已經到了一樓，或是電池用完，走不下去了吧。」

「那個……幽鬼，如果是後者的話……」

「嗯。」

「要是我們比御城她們先找到往一樓的樓梯，要怎麼辦？」

「下去啊。」幽鬼想也沒想。「因為我們其實也不知道究竟是怎樣，她們說不定真的到一樓去了，實在沒必要特別去找。」

「如果之後都沒遇到她們，直接到了出口呢？」

「……這種時候該怎麼辦呢？還不曉得出口附近會是什麼狀況……現在實在是很難說。」

「這樣啊……」

言葉這樣說完就沒說話了。

她是希望盡可能去幫助御城她們吧。真是好心。明明她們幾個二話不說就拋棄了她。

「不過，有機會救的話我還是會去救啦。」

幽鬼試著說句好聽的話。「也、也好。」言葉雖這麼說，但是否有讓她安心就不曉得了。

拐彎之後，幽鬼照照前路，覺得安全便向前進。

還沒遇上陷阱，讓她覺得有點怪。

截至目前，她選的每一條路都是安全的，下到二樓時的緊張不知上哪去了。會是碰巧都選中安全路線嗎，還是幽鬼猜錯了，二樓並不危險？抑或是幽鬼感應危險的能力在這裡失效了呢。就在她降低對周圍的警戒，將多出來的注意力轉向思考的時候——

背脊忽然一陣寒意。

幽鬼的腳停了一下下。

（12／30）

就那麼一下子，她又繼續向前走。真的只是一瞬之間，在旁人眼裡——儘管在黑暗之中看不見——看起還是跟正常走路一樣吧。就連被她揹著的言葉都沒察覺變化，肯定是這樣沒錯。

可是，那在幽鬼的意識裡確實是停了一下子。

她是被迫的。

被沖上她整片背部，閃電般的「殺氣」所迫。

幽鬼拉扯言葉環抱在她胸前的雙手，將她拉得更緊。兩人的臉頰近到快貼在一起。這有個專有名詞，叫Luminous。

接著幽鬼壓低音量對言葉說：

「後面有東西。」

「咦……」

幽鬼又拉了拉不知所措的言葉，這次是要她安靜。言葉明白了她的意思，立刻閉緊嘴巴，當然也沒傻到回頭看。

「該怎麼說呢，有『殺氣』。有人盯上我們了。」

幽鬼佯裝沒事發生，像原來那樣走著。

「殺氣……真的有這種東西嗎？」

「我也不知道，總之有感覺到某種東西。換成『動靜』也無所謂。」

話雖如此，幽鬼實際感覺到的並不只是「動靜」，真的是殺氣。不只存在，還帶有準備奪去目標性命的意思。比起能夠乍看一眼就辨別有無陷阱的能力，幽鬼不

認為自己察覺人的動靜——甚至殺氣——的能力有比較強，但連這樣的她都感受到了。不知是對方的殺氣就是如此明顯，還是——三個月前，接受過堪稱世界第一的殺氣洗禮後，「啟蒙」了她感應殺氣的能力。

「聽不見腳步聲耶……」

「是保持在聽不見的距離吧。所以就算往後照，八成也找不到人。」

「會是誰啊？」

「問題就在這裡。御城她們裡面，有人會這樣跟蹤的嗎？」

「應該……是沒有才對。」

「那就是其他了。」

首先想到的是那個「第六人」。也就是應已在幽鬼醒來之前就死去的她，其實並沒有死。可是幽鬼已經仔細確認過她的死亡，就算她活著，也不太可能在沒有燈光的情況下來到這裡。從五樓的房間數和電池總量來看，不像是有第七人或第八人存在。

這麼一來，只剩下一種可能。

「潛藏在這二樓裡的——致命陷阱。」

「……這個陷阱……是『生物』嗎。」

不少恐怖故事是以人類力量難以抗衡的「超自然」怪物為題材。一旦被那傢伙逮到，再怎麼掙扎也沒用。遊戲裡出現這種東西並不足為奇，但就連有十次經歷的幽鬼，也沒有面對過這種情況。

幽鬼這下明白樓梯為何中斷了。那不是「陷坑」也不是「單行道」，而是為了構成「牢籠」。為了不讓這層樓的某種東西到樓上去。

「現……現在該怎麼辦？被那種東西盯上的話，那我們……」

「冷靜點。總之……那傢伙還願意保持距離，在這段時間還算安全。在評估什麼時候出擊吧。」

幽鬼心想，知道跟蹤就表示具有一定智力，而散發殺氣就表示終究肯定是以殺死她們為目的，而對方認為現在還不是出擊的時候，令人不禁想那傢伙究竟是在等什麼。是在等人走累了嗎？在等滿地廢料，難以逃跑的路段嗎？還是二樓不只有「生物」陷阱，在等她們受傷嗎？

抑或是——

「就來看看那傢伙的尊容吧。」

言葉沒有回答幽鬼，幽鬼便將此視為消極的贊成，付諸實行。

需要夠長的走道，比「那傢伙」保持的距離還要長，就這麼多。幽鬼每次經過岔路，都會將每條路照一遍，找合適地點。這雖會多耗一些電力，但仍抵不過知道「那傢伙」長相的必要性和好奇心。不久幽鬼總算找到合乎條件的長廊，若無其事地走進去，並在長廊結束時以幾乎要甩掉背後言葉的速度轉身。

然後開啟手電筒一照。

是隻野獸。

（13／30）

用四條腿走路。

看似犬科。

從整體外觀看來，像是狗或狼。只有一隻，可是體型比幽鬼所知的狼還大上一圈。全身長滿彷彿能融入黑夜的黑毛，幾乎全身濃淡一致，連眼睛都是黑的，簡直是個投影。不黑的地方嘛，就只有眼睛周圍的少許眼白、腳尖的一小部分，以及裸露在鼻子底下的牙齒。

牙齒已經叼著獵物。大概是啃過了很多次，受損嚴重，表面幾乎蓋滿棉花。但也因為如此，幽鬼她們能夠輕易辨別那是什麼東西。

是人類的手臂。

誰的手？這念頭閃過的同時，「那傢伙」動了。

幽鬼隨之後退。

後退是因為野獸前進。即使被幽鬼她們發現，失去偷襲的機會，牠也沒失去戰意。刻意嚇唬般一步又一步逼近她們。

「什麼東西啊。」幽鬼慢慢後退著說。

「……像是野獸呢。」

言葉回答。幽鬼也這麼想，至少看上去不像人類，也不像御城、智惠、毛線之一所偽裝。

幽鬼看看自己的雙手和言葉的雙手，確定野獸嘴裡叼的不是她們自己的手。確定四隻手都在以後，她看著前方那團棉花問：「妳看得出那是誰的手嗎？」

「不……被咬成那樣，看不出來了。」

「應該不會是遊戲開始前給的點心吧……有人被襲擊了。」

「只斷一隻手就跑掉還算好的吧……」

黑狼逼近，幽鬼後退。

「會不是會是主辦方特地訓練出來的呢，感覺像是『熱沃當怪獸』。」

「那是什麼？」

「食人巨狼的傳說。傳說牠又大又黑，吃了超過一百個人。大概是把普通的狼訓練成了那個樣子。」

「開什麼玩笑啊……」

一退再退的幽鬼來到了轉彎處。她是可以就此拐彎，但她得先將照著野獸的燈光轉向另一邊來確保安全。在這個狀況下，那「一瞬」的代價實在太高。

結果幽鬼做的是原地不動。

「『熱沃當怪獸』只有一隻嗎？」

「大部分是當作一隻，可是這樣假定太危險了……」

「故事裡有沒有怕光這種事？」

「我是沒印象……不過從這場遊戲的性質來看，說不定……」

就在言葉這麼說的同時。

野獸戛然而止，彷彿有道看不見的牆擋在面前，開始左右踱步。

果然沒錯。幽鬼心想。

這野獸真的怕光。以遊戲性質來說，這很正常。只要全程照著路走，牠就不會攻擊。但若——像御城隊那樣——不顧後果濫用電力，會在這裡成為牠的獵物。陷阱就是這麼設定的。

多虧幽鬼的努力，她們到現在都還保有電力。可是——

「……糟糕，快用完了。」

幽鬼垂眼看看手電筒。

亮度已經比起初降低不少，拿遠來看，甚至能看清燈泡。就快沒電了。手電筒是在三樓從言葉那拿來的，電池殘量在當時就所剩不多。要求它別在關鍵時刻熄滅無非是無理取鬧，能撐到現在就該好好誇它了。

但無論如何，會沒電就是會沒電。

眼前這野獸多半也知道這事實，所以才不逃跑。想也不用想，牠會在光線熄滅時做出什麼樣的行動。

幽鬼從揹在身前的背包取出厚重的野戰刀，並以單手靈巧地解開皮套，將刀身展示在野獸和言葉眼前。

「妳要跟牠打嗎？」言葉問。

「不打不行。」

「在這種狀況嗎？」

幽鬼的狀況，簡單來說就是前有背包，後有言葉。

「妳想下來嗎？」幽鬼賊笑起來。

「別鬧了……」

言葉緊抱幽鬼，讓她覺得救這個人真值得。

在這時候，胸前揹著背包也不錯，可以當胸甲。為了不被野獸完全當成待宰的羊，幽鬼主動前進。光也跟著前進，逼得野獸不得不後退。隨著第二步、第三步前進，幽鬼已經回到先前的位置。

就在這同時。

手電筒完全失去反應。

黑暗充斥四周。

但走廊的景象，甚至地上每個汙漬，都已深烙在幽鬼腦裡。不會因為失去視野而造成劣勢，反而有提升其他感官敏感度的效果。現在她不僅能感到自己的心跳，就連背上言葉的脈搏、呼吸，甚至她流出的汗水都感覺得到。

而野獸，沒有掉進這超感知的網裡。

（14／30）

動靜消失了。

殺氣也消失了。

幽鬼沒天真到以為野獸會就此罷休，然而身體依然誠實，握刀的手放鬆力氣，壓低的姿勢也復原，還吐出表示放心的氣。言葉也感受到她的變化，放鬆緊抱在她胸口的雙手。

「走掉了嗎？」

幽鬼近乎祈禱地說出還不確定的事：

「走掉了吧。」

「牠走掉了啊？」言葉說。

「因為我跟牠面對面，手上又有武器，所以覺得不夠有利吧。」

幽鬼有試著聆聽腳步聲，即使那安靜得實在不像距離這麼近，牠仍是遠去了。或許還不足以讓她放下刀子，但總歸是能當作度過一次危機。

「我們也快走吧。」

幽鬼試著關閉手電筒再打開，還是不亮，便隨手扔了那無用之物，繼續上路。

「這麼暗沒關係嗎？」

「不是沒關係，但沒燈就是沒燈嘛。」

既然二樓的陷阱就是那頭野獸，可想而知不會再有「陷坑」或「地雷」那種設於地面的陷阱。如此說來，即使沒燈光也不會損及安全。不過先前幽鬼照亮走廊並不是為了閃躲陷阱，是為了查看走廊地上到處都是的廢料中，有沒有尖銳到能當武器的，或是不被它割傷。無論有無遊戲，探索廢墟本來就需要照明。

但現在說這些也於事無補，只能盡可能注意腳邊行走。「她們都還活著嗎？」幽鬼開口說道：

「我是希望她們活著啦，可是……」

幽鬼腦中浮現野獸嘴裡叼著的手臂，而那只是看得見的部分，手的主人真的只丟了一條手嗎？

「對方是狼，也就是說光是這樣說話，位置就透露出去了。僅憑腳步聲……不，再怎麼安靜，牠也聞得出來吧。」

「有燈光好像就不會攻過來了，但現在這麼暗……」

在如此黑暗的空間中，若有人點燈，幽鬼她們應該會注意到。沒這種事，表示御城她們也沒燈。

綜合以上，她們的存活率——

「——沒關係啦，還不曉得的事。」

幽鬼佯裝不知。

「要難過等見到『證據』再說，先放輕鬆吧。」

「也對……說得沒錯。」

話說得很好聽，是為了讓言葉放心，而部分也是幽鬼的真心話。儘管負面思考是通過遊戲的訣竅，但那並不等於悲觀。現在有人手斷了，狼有敏銳的嗅覺與聽覺，事實就是如此。在幽鬼心中，這不等於現實主義或悲觀主義。面對現實就是面對事實，不樂觀也不悲觀。

且實際上，悲觀猜想也被現實推翻了。

繼續行動後不久——

她們穿越廢料堆時，有「東西」摸了幽鬼的腳。

「……！」

幽鬼當場將被碰的腳大力一甩。

這一腳也將廢料堆踢得喀啦喀啦地垮掉。周圍太黑，看不見究竟是怎麼回事，但她感覺得出來，自己應該是成功踢開了碰觸她腳的「犯人」。

「怎……怎麼了？」

「有東西。」

幽鬼回答言葉：「大概是生物。」

摸的位置靠近膝蓋，有皮膚的觸感和體溫，想必是什麼躲在廢料堆裡，但那大小感覺躲不了「熱沃當怪獸」，該不會有小隻的吧，還是這層樓不只一種野獸呢？

幽鬼開始接近被她踢到前方的「犯人」。

「等一下等一下！幽鬼！」

這時，又有人碰了她的腳。

這次有事先出聲，所以她沒出腳。低頭一看，見到的是——

「……毛線？」

是那個弱不禁風的女孩，毛線。

幽鬼的視線回到前方，先前被幽鬼踢開的是——

「……太過分了吧，幽鬼～」

智惠從廢料堆中爬了出來。

御城隊有兩個人還活著。

（15／30）

幽鬼沒有停留，因為不知「熱沃當怪獸」何時會再攻來。有需要儘快找到通往一樓的樓梯。智惠和毛線自己跟來了。「很高興看到妳沒事。」毛線開口。

「妳們好像也沒受什麼傷嘛。」

幽鬼往那兩人看。兩人都堪稱無傷，只是躲進廢料堆裡，難免有些小擦傷。雙手也都牢牢接在身上。

這麼說來，野獸叼的那條手是——

「御城到哪去了？」

幽鬼問了最想知道的事，智惠和毛線尷尬地互相看來看去。

最後毛線說：「我們走散了。當時很亂，跑著跑著就……不知道去哪了。」

跟言葉和幽鬼在三樓拆夥後，在御城的帶領下一行人繼續遊戲，並在下二樓不久就遇上了「熱沃當怪獸」。所有人失去手電筒照明的同時，怪物神不知鬼不覺現身了。三人自知無力戰勝，便各自分頭逃亡。後來智惠和毛線碰巧會合，御城仍下落不明。

「所以那就是御城的手嗎……」

幽鬼試探性地問。「應該是吧。」毛線回答。

這讓幽鬼明白，她們略過了一些事。沒人問「手是什麼意思？」「路上有手嗎？」，卻說「應該是吧」，表示她們知道在那個狀況下，御城可能是手被野獸吃了，也就是她們有見到野獸咬中御城的手，「然後認為打不贏而各自奔逃」。

換言之，她們拋棄了御城。

才剛決定拋棄言葉的御城，這麼快就淪為被拋棄的一方。真是太諷刺了。

「躲在廢料裡，就是為了躲那個野獸嗎？」

「對，對上那種東西，我根本沒勝算。」

「就只是躲著……這樣也沒事嗎？」言葉問：「沒被牠聞出來啊？」

「我們一開始也有在怕這個啦～可是看起來好像沒問題。」智惠說：「我們不是有那個『防腐處理』嗎，那個把我們的味道弄不見了。」

「對喔……」

差點忘了有這回事。「防腐處理」使得幽鬼她們不再有體味，在熱帶叢林跑跳一星期也不會有汗臭。這效果似乎禁得起狼嗅覺的考驗。

「可是發出聲音還是會被牠找到，當時又是亂跑一通，認不得路了，想走也沒辦法走。妳能經過這裡真是太好了。」

毛線以頗為感動的眼神看著幽鬼說。

「可以的話，我想繼續跟著妳，妳願意嗎？」

「就算跟著我，那頭野獸還是會殺過來吧。」

「妳不是正面打退牠了嗎？那牠應該不會再攻過來了。畜生也會知道誰比較厲害吧。」

但幽鬼心想，不會有這種事。那頭野獸八成是訓練來獵殺玩家的，會從好下手的人開始攻擊，且遲早會輪到幽鬼。

毛線大概不是真的那樣想，而是為了和幽鬼結伴行動才隨便說說。她想要一個能在野獸來襲時替她賣命的人。這種只能依賴強者生存的「跟屁蟲」玩家，在沒了御城後動起幽鬼的腦筋。

「是沒關係啦……」

幽鬼回答：

「反正只剩最後一點路了。」

「咦？」

智惠、毛線和言葉聲音重疊了。

幽鬼感嘆著居然沒人發現，並說出她的判斷：「樓梯就在這附近啊。再拐一、兩個彎就到了。」

「……妳是怎麼知道的？」

「因為氣流的方向變了。我想，一樓是有窗口的吧。外面的空氣稍微流到這裡來了。」

「妳有……感覺到嗎？」智惠對毛線問。

「沒有……完全沒有。」她跟著回答。

幽鬼默默地走，兩人默默地跟。過了一個彎、兩個彎。

結果究竟——這次和上次不同了，幽鬼沒有丟臉。走廊的右手邊，有一道完整的樓梯。

「……太強了。」智惠說。

「果然厲害。」毛線說。

「呃……這是基本的吧。」

幽鬼回答，並心想就算受過野獸的驚嚇，注意力也未免太散漫了點。雖然有點倚老賣老，她還是忍不住說了。

接近樓梯後，可以看見深處有些微光線。不是一樓有燈，就是有光從窗口照進來。無論如何，那光線使得智惠和毛線重新燃起希望，兩人下樓的樣子活像是放學的小學生。

只有幽鬼，還站在樓梯口。

毛線也因為注意到只有兩組腳步聲而回頭。「……怎麼了？」並不解地問：

「該不會樓梯上有陷阱吧？」

「嗯？喔不，不是那種事。」

幽鬼往毛線和她身旁的智惠看。加上言葉共四人，在這樣的組合中，最後會死的多半是——

有股力量在幽鬼的胸口縮緊。是言葉的雙手。她發現了幽鬼停佇的緣由，問道：「妳真的要去嗎？」

「……嗯，這樣比較好。」

幽鬼回答。接下來可不能聽天由命。

「咦，妳該不會……是想要去救御城吧……？」

說話的是智惠。「該不會」三個字讓幽鬼感覺很過分，不禁苦笑。

御城這位高傲大小姐，「CANDLE WOODS」後新手中的領導人物，這是第八次參加遊戲，發現幽鬼可能撼動其地位而處處針鋒相對。

「妳猜對了。」

幽鬼回答：「因為她說不定還活著嘛。」

智惠和毛線都是「有沒有搞錯？」的眼神。

基本上和言葉那時一樣，都是捨去落單的玩家，不過細節有決定性差異。言葉只是留在需要繞路的地方，這次卻有「熱沃當怪獸」這樣的威脅存在。

但幽鬼相當果決，將背上的言葉交給智惠。

「能替我揹她嗎，這實在不能帶她一起去。」

「是可以啦，但是……」

智惠接過言葉揹起來。

「……這是為什麼？那個……應該不需要去救她吧……」

又是很難聽的話。幽鬼苦笑回答：

「我要賺分數啊。」

（16／30）

怎麼會變成這樣。

御城不停地想。

（17／30）

一片黑暗。

這是個小房間。

御城躲在她的祕密基地裡。外觀像是木屑堆，裡頭卻有能縮一個人的空間。御城對自己臨時搭出來的藏身處頗有自信，事實上，野獸也已經過門兩次而不入。就目前來說，御城的安全是有所保證。

然而，這樣下去不是辦法。

毀滅仍一步步向她逼近。

「……可惡。」

御城聲音壓得很小，不讓野獸聽見。所以這咒罵能震動的，只有御城自己的腦袋。

這遊戲有「時間限制」，就顯示在裝設於大樓各處的電子計時器上。一旦歸零，遊戲就結束。雖不知是會有巨大炸彈摧毀整棟樓，還是植入心臟的殺人裝置會啟動，御城遭處刑的結果都是無庸置疑。其實，也不會真的耗到時間到吧，那隻野獸也是有腦子的。遲早會發現她這個藏身處，蹂躪她每一吋青春的肉體。

御城沒有一秒鐘不想離開這裡，但她沒有勝算。她是一路連滾帶爬躲進這裡來，根本不記得東西南北。對於自己是從哪個方向來到這層樓，往下的樓梯可能在哪個方向，一點概念也沒有。以為瞎走就能找到樓梯，未免太過天真。既然再躲下去狀況也不會變好，說不定該趁還有體力時豁出去拚一拚，但御城沒有那種勇氣。能做的就是像這樣，一個人抱著雙腿縮在這裡。

再說，她連這種事都做不完全了。

因為她只有一隻手能抱。右手肘部下方蓋滿了棉花，本該接在那裡的部分，現在已經在野獸肚子裡了吧。和言葉恐怕治不好雙腿一樣，御城的右手也很可能無法復原了。

「可惡。」御城又咒罵一聲。

平時的優雅已沒有半點蹤跡，那種東西在剛下二樓時就灰飛煙滅了。當所有電池都沒電，那野獸悄然現身，迅雷不及掩耳地咬中了御城的右手，事情從這一刻起

迅速惡化。當時御城的叫聲難聽到了極點，也難怪智惠和毛線會當場丟下她就跑。

不幸中的大幸是，她的右手一下子就掉了。那表示御城又叫得更難聽，且暫時逃脫了野獸的追蹤。在牠啃那條右手時，御城跑得像美式卡通一樣慌，根本沒想過會不會有其他陷阱，身上到處是廢料造成的擦傷，連身裙變成破布，身體跌撞在水泥地上，光是吸氣吐氣都很困難。

然後，黑暗中——

御城身邊，只剩下這個小小的空間。

「……可惡。」

御城三度咒罵。

她不曉得已經這樣多久了。實際時間根本沒多久吧，頂多十幾二十分鐘，但是對御城來說卻近乎永遠。思考的時間——再想也沒用的時間——有很多很多。

為什麼？

是哪裡做得不好？我哪裡做錯了？

首先想到的，是那張可恨的臉。那個叫做幽鬼，長相也果真像幽靈一樣，自稱第十次參加遊戲的玩家。御城心想，都是她的錯，都是她動不動就有意見，改變了她的命運。要節約用電？這我當然知道。就是想要一層用一支才說要加快腳步啊。怎麼會不知道。要是她沒多嘴，就能要言葉在三樓別開燈了。都是她先說出來，和我不得不故意忽略掉。對，都是她打亂我步調的錯。

要不是她說什麼第十次。

接著想到的，是將她拉進這世界的人，御城的專員。她勸說時的每一個字，都言猶在耳——「在這裡，就不會有人走在妳前面了。」「我們可以提供妳想要的地位。」這也是當然的，會想玩這種遊戲的人並不多，只要贏個五次十次就能輕鬆成為頂尖玩家，就像靠吐西瓜種子拿金氏紀錄一樣。其實仔細想想，那並沒什麼了不起。可是對當時的御城而言，那些詞句是那麼地迷人。可以輕鬆成為這業界的頂尖玩家，顧客還全是上流人士，實在不錯。

但是，專員從沒說過還有那種人在，根本是詐欺。要不是被她哄騙，事情也不會變成這樣。

接著想起的，是她砸爛自己房間每個角落的那一夜。因為她感到人生碰壁，可是砸不了那道牆，就砸了自己房間。御城覺得生在這種時代，是自己最大的不幸。不為別的，就因為有人在她之上。頂點太少，人口太多。我這樣的人在這種時代是該怎麼辦才好，去死算了嗎？要是沒用自己愛用的網球拍把妹妹打到緊急送醫，說不定——

最後想起的，是母親的臉。當時御城抬望有她兩倍高的母親，問為何給她取名叫一美。那個女人回答，因為希望她能夠出類拔萃，再小的領域都行。開什麼玩笑，去死。竟敢對我下那種詛咒，去死！

該死的是妳。

御城心中冷靜的部分對她自己這麼說。

「…………」

御城將頭埋進兩膝之間。

要讓意識繼續沉淪，甚至覺得就這麼睡著算了。已經累了，怎樣都好。失去右手的那一刻，她也失去了自尊心，以及無論如何都要活下去的信念。壞掉了，就不要了。眼睛一閉，就突然覺得好累好累。似乎比想像中還要疲倦。於是御城就此讓疲倦牽著自己的手——

有腳步聲。

不是幻聽。聲音一步又一步朝這裡接近。

御城左手放開腿，撿起擺在地上的小刀。在三樓倒出背包內容物時，她只帶走了這個。可是，現在握刀是要做什麼？以為自己能跟那種野獸打得你死我活嗎？並沒有。這把小刀不是「武器」，只是「護身符」。空著手的感覺太可怕了。

因此，腳步聲的主人進房時，御城動也沒動。

這個藏身處很有效，躲過了野獸兩次巡邏，但有個缺點，那就是沒有窺視孔。無法看見對方是誰，是否發現了藏身處的存在。她用只剩上臂的右手搥打胸口，命令心臟安靜一點。而心跳卻譏笑她的命令般愈跳愈快。

當藏身處被掀翻時，御城還以為心臟會停止。

不，是真的停了一下下。御城有種時間斷裂的感覺。當感覺過去，出現在她眼前的是從高踢姿勢恢復站姿的一名女孩。

那個女鬼，幽鬼。

（18／30）

不出所料，踢開這堆廢料就發現御城了。幽鬼對她「嗨」了一聲。

「過得不錯嘛。」

御城傻住了。

她面孔憔悴得在這麼暗的地方也很清楚。躲在這麼小的地方，也是當然的。幽鬼原想甩個兩巴掌幫她提提神，但手還沒抬，御城就先問了：「為什麼。」

「妳怎麼知道我在這裡？」

「女人的直覺。」

幽鬼故意用先前說過的話回答。

「就算我空白再多，我也不認為自己會退化到輸給一隻狗。」

「找我有事嗎？」

「有事的應該是妳吧。」

御城沒回答。幽鬼踢踢廢料說：

「弄得這麼大聲，那個野獸一定是正朝著這裡狂奔而來吧。這次不只是吃妳一條手，要把妳全身都吃乾抹淨。」

「……妳自己……還不是一樣。」

「不會喔，我很安全。因為我已經找到樓梯了，隨時都跑得掉。」

御城臉色不變。

「我當然也記得怎麼走。另外三個人，都已經下到一樓去了，現在二樓只剩我們兩個。」

「……妳找到樓梯了還折回來？」

「就是這麼回事。」

「難道妳是來找我……來救我的嗎？」

幽鬼冷冷地笑起來。

「怎麼會呢。」

並說：

「我是來教妳如何做人的。要是妳就這樣死了，我會消化不良。必須趁現在讓妳明白到底誰高誰低才行。」

「啊……？」

「妳動不動就想找我麻煩嘛，御城。都想不起來有幾次了……所以一次就行了，只要妳跟我道一次歉，我就全當沒發生過。」

幽鬼張開雙手表示從容。

「只要妳為自己的囂張態度向我道歉，我就帶妳去樓梯。」

（19／30）

御城一時說不出話來。

「嗯？怎麼啦？我只是要妳承認一個明顯的事實啊？從這個狀況來看，誰能力比較強是一目了然吧。擺明是妳無憑無據在那裡隨便懷疑我，所以現在，妳心裡當然是滿懷愧疚。就只是把心裡的話說出來而已嘛。」

御城握刀的手抖了起來。

但也只是抖，沒有導致任何有意義的行動。

「還是說，妳還不曉得自己有幾兩重嗎？真是的，無能的人總是不知道在自信什麼，有夠傷腦筋的。就是因為不知道自己有多麼無力，才會不停重複一樣的失敗到死。遠遠看的話是很好笑，如果是鄰居就笑不出來了。」

御城仍然說不出話。

可是心裡卻不斷重複同一個詞。

這個混蛋、這個混蛋、這個混蛋、這個混蛋——這個混蛋！

「幹麼不說話？想拖到野獸來救妳嗎？想都別想。再過十秒，要是妳還不說，那就不好意思了，我會放棄妳這個大小姐。」

說完，幽鬼對御城攤開雙掌。與她設定的秒數一樣，豎起十根指頭。

幽鬼折下了右手拇指。

幽鬼折下了右手食指。

七、六、五，豎著的指頭愈來愈少。御城就像被吊在線上的五圓硬幣催眠一樣，直勾勾地看著她折手指。

——妳就說啊。腦袋裡有這樣的聲音。

沒錯，沒有承認以外的餘地。客觀來說，幽鬼顯然是更為優秀的玩家。第十次恐怕也是實話。必須承認對前輩態度囂張的事實。不，其實需要的不是承認，就只是道歉而已。不需要誠心誠意，說出來就行了。幽鬼她應該真的會帶御城到樓梯去。特地回到這裡來，不太可能只是為了對御城逞威風。她這樣第十次的前輩，應該是有救人的打算沒錯。

只要道聲歉，就能保住小命。

可是，御城的嘴依然不肯張開。

為什麼不動？到底在想什麼？又不是小學生吵架，在這種時候還死要什麼面子——面子？不是，沒那麼簡單。不然是什麼？現在落魄成這樣，卻仍在心裡燃燒的這份情緒究竟是什麼？

——不甘心。

腦中閃過這個詞的剎那，御城睜大了眼。齒輪咬合，全身都正常運轉起來了。

沒錯，我不甘心。我不甘心就此認輸。不甘心到無法向她投降，求她救命。

「開什麼玩笑。」

剩最後一根指頭時，御城開口了。

「嗯？什麼？」

「可以不要跟本小姐開那種玩笑嗎！」

（20／30）

幽鬼一時無法反應。

即使是「CANDLE WOODS」的倖存者，也仍無法反應。

回過神來，幽鬼已被她撞開，跌坐在地。沒能對犯人御城說些什麼，只能傻愣愣地看著她離開房間。

「…………？」

接著手扶胸口。

心撲通撲通地跳，腦袋也是同樣狀態。

幽鬼用轉不太起來的腦袋想，思考剛才究竟發生了什麼事。幽鬼發現了御城，沒有直接救她走，而是把握機會揶揄了她幾句。既不會少一塊肉，就算不道歉也一樣會救她，可是御城卻發狂了。意外狀況使得幽鬼反應不及，被她硬生生撞開，只

能含著手指看她跑走。然後——

然後不知為何，心跳得很快。

遠遠傳來厚重的腳步聲。

「……對喔，該走了。」

幽鬼站了起來。那是「熱沃當怪獸」的腳步聲，就快到這裡來了，幽鬼也一樣得加快動作。她迅速離開房間，邊跑邊尋找御城的動靜。

奔跑時她摸了一下胸口。

心跳得好厲害。

不是因為跑步，也不是為突發狀況煩躁，正好相反。幽鬼愈跑愈明白，自己是對御城抱有好奇，有好感。「可以不要」嗎。罵得很悅耳。幽鬼碰觸到她心裡最軟的一塊，然後紮紮實實有被彈回來的感覺。

這讓幽鬼覺得她很可愛。

希望她不要死。

幽鬼的超感知同時捕捉到兩個動靜。一邊是「熱沃當怪獸」，一邊是御城。看來她還有活下去的命，這樣瞎跑也能往樓梯直線前進。不過裸露的獠牙正逼近她背後，這樣她實在來不及逃脫。

幽鬼拐了彎。

看到御城的背影了，正要直線衝過T字路口。

旁道上，有個黑影。

幽鬼全力衝刺並跳了起來，往御城只顧往前跑的背影——

（21／30）

「……呃啊！」

御城的背部受到撞擊。

撞得她當場摔個七葷八素，讓她學到在黑暗中跌倒，究竟能對人的平衡感造成多大的混亂。御城好不容易停止滾動爬起來，全身各處的舊擦傷又開始作痛。

「我很中意妳！」

有聲音。幽鬼的聲音。

「我就特別救妳一次！下個路口往左，第三個路口往右！趁我拖住牠快——」

話只說到一半，有東西倒下的聲音。

然後是快速動作聲。是幽鬼自己在發癲嗎。不，不太可能。在那乒乒乓乓之中，夾雜著人類肺活量所不可能達到的劇烈呼吸聲。

是二樓的陷阱，食人怪獸。

幽鬼成了牠的獵物。

幾秒鐘之前，是御城站在幽鬼那個位置。若不是她踢開御城，野獸的毒牙咬的就是自己了。被她救了一次，而且還把樓梯的位置說出來了。告訴了她應該恨之入骨的御城。儘管自己態度惡劣，還不肯道歉。

為什麼？御城心想。

是陷阱嗎？惡意陷害嗎？

不是不可能，可是御城仍照幽鬼的指示跑了。下一個路口往左，再三個路口往右。沒有根據相信她，但還是信了。因為她覺得幽鬼報路時的語氣，比她聽過的任何人的聲音都還要明亮快活。

（22／30）

聽見腳步聲遠去，幽鬼知道御城走了。同時能清楚感到野獸的鼻息，以及將她按倒在地的力道。

「熱沃當怪獸」的獠牙咬在幽鬼身上，從側面咬住腹部的姿勢，不過幽鬼並不著急。痛歸痛，但不與痛苦等情緒連結，反而讓她更冷靜。這表示幽鬼正面臨生死危機，也是她恢復正常狀態的證據。這讓她很高興。由於這次遊戲太過簡單，讓她無法肯定自己的直覺究竟回來了沒。而就在此時此刻，幽鬼確定自己復活了。

狀況非常之好。為了嚇退野獸，她將小刀拉到身後，在黑暗中準確攻擊了野獸的眼珠。動作流暢極了，甚至有空閒去想殺得太殘忍或許會引起觀眾的反感。這世上大有喜歡看人死，卻不願看動物受苦的人在，在這種遊戲的「觀眾」裡比例又更高。在死亡遊戲裡發揮愛護動物精神的事，幽鬼覺得簡直莫名其妙，不過這仍是事實。「觀眾」是金主，引來他們的反感說不定會影響完成遊戲後的獎金，所以非得扮演有紳士風度的玩家不可。這與幽鬼的個人主義無關，人生在世本來就是要不斷在是否滿足他人期待之間作選擇。

真是的，演戲真辛苦。

幽鬼這麼想著，握緊另一手的小刀。那是她從御城那偷偷摸來的。這樣就是二刀流了。

（23／30）

言葉幾個下到了一樓。

既無陷阱，也不黑暗。

（24／30）

幽鬼說對了，一樓有窗。雖然裝了鐵柵欄，不讓言葉等玩家鑽出去，至少提供了光明。現在是清晨時分，窗外天色尚淺，但光線已經很足夠了。言葉、智惠、毛線三人以毫不遲疑的腳步踩著一點也不危險的地面，在一樓平安前進。

「感覺上，好像要結束了耶。」

智惠望著鐵窗外的天空說：

「雖然說還是不能大意啦～不過這樣絕對是最後一哩路了吧。」

「嗯……」

言葉回答。

她從智惠背上往後看，毛線遠遠跟著。一樓說不定只是看起來很安全，其實還是有陷阱，所以讓智惠先走。五、四樓毛線，三樓言葉，二樓御城，一樓智惠。如此一來幽鬼以外的人，都帶頭過了。

後面沒有御城或幽鬼的身影。是還沒跟上，還是遭逢不幸了呢。言葉不禁想，如果三個人先出去了，事情會變成怎樣。恐怕會是——

「哎呀，話說——」

智惠說道：

「那個叫幽鬼的也太好心了吧。不只去救妳，還跑去救對她那麼凶的御城……妳真是撿回一條命嘍，言葉～」

幽鬼。看起來像幽靈，第十次參加遊戲的玩家。「CANDLE WOODS」以前的玩家。在這場遊戲中，她的行動一貫是傾向幫助他人。

可是言葉卻說：

「不是那樣。她是個很恐怖的人，比外表恐怖多了。」

「？妳怎麼會這樣想？」

「想知道嗎？」

「想啊想啊。」

言葉又往後看，看見走在後頭的毛線。確定距離夠遠後，言葉竊聲說：

「告訴妳的話，可以算『欠』我一次嗎？」

「咦？」

大概是感覺到事有蹊蹺吧，智惠也學言葉壓低聲音。「那是什麼意思？」

「先別管，先答應我。只是說說也可以。」

「……好啊，是無所謂。」

「智惠，那張紙妳還留著嗎？」

智惠的背透來她愣了一下的感覺。

「就是那張手帕大小，不太容易破的白紙。放在背包裡。」

智惠開始翻找自己的背包。她和幽鬼一樣揹在身前。「啊～有耶。」並將白紙取出來。

「這是合成紙。」

「……什麼東西？名字我有聽過……」

「選舉投票用的就是這種紙。折起來也會在票匭裡自己打開，很方便。」

「是喔……原來是這樣。我沒投過票，所以沒注意過。然後呢？」

「嗯。另外一件值得注意的事就是……這場遊戲的服裝。」

言葉往智惠看。她穿的是在夏日天空下特別耀眼的白色連身裙。在充滿建築廢料的這棟大樓裡走了這麼久，使得連身裙破破爛爛，穿出去會很丟人。

「妳有想過為什麼是白色連身裙嗎？跟廢棄大樓明明很不搭。」

「也不是沒想過啦……可是這也沒什麼大不了的吧？不然穿什麼才跟廢棄大樓搭嘛。所以妳是有想到什麼嗎？」

「有。這個連身裙，大概是在模仿袍衣。」

「……這我就連聽都沒聽過了……」

「古希臘的常見服裝啦。用一大塊亞麻布對折做出來的，是罩衫的老祖先，外型跟連身裙很像。」

「是喔。所以那跟紙有什麼關係？」

「說到『古希臘』和『投票』，妳沒想到什麼嗎？」

「沒有耶。」

「…………」

言葉無言了。受不了，最近的年輕人以為遇到什麼事都上網搜搜就行了，很不重視涵養。

「那妳覺得，為什麼只有這層樓沒有陷阱？」言葉嘗試以其他角度切入。

「咦？這是因為……」

「不覺得很可能是因為出口附近有躲不掉的陷阱嗎？會不會是在最後放了某種東西，要來作這場遊戲的總決算呢？」

「……這……」

「從這點回頭看……就會發現這棟大樓的陷阱，全部都是找個人先走就躲得掉。不只是『陷坑』或『地雷』，就連那個『野獸』，因為沒有多大隻，吃了一個人就差不多『飽了』。也就是難度設定在只要找個人先走就能過。妳猜為什麼要這樣做？」

「…………」

智惠臉色開始發青。

言葉說道：「不好意思，我一開始就注意到最後會有這種事，但沒有說出來。因為要是真的跟我猜的一樣，那遊戲會玩不下去……在三樓猜輸走在前面那時，其實我很高興。因為走前面冒險，最後就不會被投必死票了……妳現在揹我走來這裡，我就不會投妳。所以，拜託妳也不要投我。」

這時，言葉她們後方傳來兩人份的對話聲。

一邊是毛線，一邊也是聽過的聲音。言葉聽著往這接近的兩人份腳步聲回頭看，叫出那人的名字。

「——御城，妳沒事啊。」

「……嗯，大致上沒事。」

御城瞥一眼不在了的右手回答。她的傷處不僅限於右手，全身到處都有擦傷，連身裙也破破爛爛。沒有半點夏日少女的風情，簡直是奴隸少女。

「那個，幽鬼她呢……？沒跟妳在一起嗎？」

「……她……留下來掩護我了。」用的是很不想承認的語氣。「她代替我成了那個野獸的獵物。現在恐怕已經……」

言葉很懷疑。

真的是這樣嗎？實在很難想像有那麼多無敵表現的她會死在那裡，可是御城的樣子也不像在說謊。

「總之，妳沒事就好。」

毛線說：

「這樣我就安心了。我們的隊長非妳莫屬呢。」

丟下她逃走的人居然還有臉說這種話，讓言葉聽得很受不了。

不過御城也沒生氣，只是沉著臉說了一聲：「……就是啊。」大概是語氣太陰沉，之後一行人再無對話。

到了像是出口的鐵門前，才終於有下一句話。

說話的是智惠，內容是：「這是……」

（25／30）

首先，眼前這扇門是有如銀行金庫那種厚重的鐵門。門上有個什麼也沒顯示的螢幕。沒有把手也沒有凹槽，所有人一起推也推不動，感覺不可能靠蠻力打開。

門兩側各有三個淋浴間大小的小房間，總共六間。小房間沒有上鎖，裡面各有一組桌椅和螢幕，螢幕與鐵門上的螢幕同款。還有已經看過很多次的計時器，外側牆上有條長方形縫隙，僅此而已。

遊戲就像在等她們查看完環境一樣，所有螢幕在這時亮了起來，很刻意地發出沙沙雜訊。

「──嗨，各位玩家妳們好，恭喜妳們完成遊戲。」

螢幕上映出一個沒什麼特色的吉祥物。

言葉已經大致料到會有這種事了。通常在這樣的遊戲裡，螢幕都是預告將有解說員出現。如果遊戲本身不足以讓玩家明確了解遊戲規則，或新手太多，就會設置「解說員」適切引導玩家。

這次的解說員是所謂的大野狼造型，看起來不凶猛，也不怎麼可愛，說起來就是沒特色。有種趁前幾年的吉祥物風潮做出來，結果太沒特色而被撤掉的那種哀愁。多半不是專為這遊戲而設計，就只是挪用某個廢案而已。言葉是這麼想的。

大野狼繼續說：

「其實還差那麼一點啦，遊戲還沒結束。接下來，各位必須接受『最後的考驗』。門兩邊有幾個小房間，都看到了嗎？」

都看到了嗎？實在很故意。畢竟吉祥物應該看見言葉幾個查看房間內外了。大野狼沒有等她們回答，繼續說：

「請各自找個房間進去等候。現在人還沒到齊，必須先請各位等一等。」

「——還沒到齊？」言葉問：「所以說，幽鬼她還活著嗎？」

「一人一間，應該不需要我多講。」被忽略了。「進去以後，房間會自動上鎖，無法由內側打開。如果有事需要在外面解決，麻煩現在就處理好。」

御城眉頭一皺。是對「上鎖」起了反應吧。表示房裡會發生需要上鎖的事。

雖然讓人不太放心，言葉幾個還是遵從大野狼的吩咐進入房間。失去雙腿的言葉一個人上不了椅子，請智惠幫忙。智惠離開房間的同時，門也自動關閉，並咔嚓一聲鎖住，將言葉與外界隔絕。

言葉靜靜地等。

眼睛注視著牆上的計時器。「01：32：45」。0～5的數字正好全用到了。還記得剛醒時還剩五個半小時，也就是整趟路約四小時，讓言葉感慨原來只有這麼短。她已經疲倦到說她在大樓裡遊蕩了四天都能夠接受了。連後半只是讓人揹的言葉都這樣，其他玩家的疲倦程度更是難以估量。

最後一小時半。幾分鐘後門外傳來的腳步聲，告訴她不需要空耗那麼多時間。聽到那聲音時，言葉欣喜極了。幽鬼來了，不會有別的可能。當喜悅過去，換擔憂探出頭來。她真的沒事嗎，從腳步聲聽來，似乎是還有用雙腳走路的力氣——

想著想著，螢幕又亮了。大野狼吉祥物將對言葉幾個說過的話重複一次，然後是開關門的聲音。鎖門的咔嚓聲也聽得很清楚。

接著言葉房間螢幕上的大野狼說道：「那我們開始吧。」

（26／30）

御城繃緊了神經，不想漏掉「解說員」的一字一句。

「各位，請打開背包，看看右側內袋。裡面應該有一張白紙，都找到了嗎？」

畫面裡，大野狼也拿著那張「白紙」。

可是御城無法照辦。這也難怪，因為她的背包已經被三樓的地雷炸爛了。

「喔？有幾個人沒有紙呢……那麼，沒紙的人打開抽屜，裡面應該有一樣的紙。」

御城依言開了抽屜，果真有白紙。遊戲開始後查看背包時，好像的確有見到這樣的東西。不過當時御城對紙不感興趣，只有猜想會不會是某種雙面膠。

「這是合成紙。」

大野狼說：「不容易破，防水力強，折了也會自己打開。在這個國家，也會用來製造投票用紙。有人在這之前就發現了嗎？」

大野狼隔了段等待回答似的時間後說：

「……喔，真的有幾個發現了呢。那麼，想必她們也已經看出紙的用途了吧。各位接下來要做的是『投票』，把妳們認為對遊戲最沒貢獻的人寫在紙上。票數最高的玩家——」

大野狼這次隔了段用來強調的時間後——

「會死。」

如此宣告：

「各位右邊牆上的縫隙，既是投票口，也是散布口。我們精心製作的『藥品』，會從那裡散布到受選玩家的房間裡。為了各位的精神衛生，詳細症狀我就不說了，可以說的是致命率接近百分之百，不用五分鐘就會藥到命除。」

「…………」

這樣啊。

御城心想，原來是這麼回事。

幽鬼解救御城和言葉，都是為了這一刻。她早就發現這張紙的用途，知道最後會有這種事等著她們。她認為單純把遊戲玩下去，得票最多的將會是唯一沒人認識的她，所以才甘願冒被野獸吃掉的風險來救御城。

「投票時間，將設定為宣布開始投票後十五分鐘內。沒有在時間內投票的，將視為投給自己。說明到此為止。接下來這段時間，開放各位發問。」

大野狼說完就不再說話了。

御城也沉默不語。她是有話想問，但先看看其他玩家的狀況。

最後，大野狼又開口：

「就在剛才，有玩家發問了。問題是『同票怎麼辦』。問得很好。首先，使用背包內票紙的玩家——也就是沒有失去票紙的玩家，票力比較『強』，藉此破壞同票的狀況。如果還是同票，就以這兩人重新再投一次。玩家是奇數，基本上應該會分出勝負才對。」

對失去票紙的御城來說，這規則對她不利。不過沒說「沒投票權」就不錯了。

「……又有人發問了。『沒寫名字，或名字不屬於在場玩家的話，該如何記票』。這種時候，視同沒有投票，也就是投給自己。字醜到無法判讀，或因為不可抗力導致這種結果時，也將如此判定，請各位務必慎重。」

也就是不能用那種方式耍詐。這也是應該的。讓玩家費了那麼大工夫來到這裡，總不會讓她們隨隨便便就鑽漏洞出去。

「我有問題。」

御城說道：「如果在遊戲裡，從其他玩家那收到，或搶來票紙，又或者，自己有票紙卻用抽屜裡的票紙，導致一個玩家投了兩張票以上的情況，會怎麼處理？」

經過一小段時間後，大野狼說：「……又有人發問了。」然後將御城的問題重複一次。

「發生這種情況時，只有第一張投的票有效。兩張綁在一起投，或是難以辨別先後的情況，則以我們最先開的票為有效票。無論如何，不會有一人投出兩票的事情發生。」

這樣御城就安心了。

投票不會對特地蒐集票紙的玩家有利。如果幽鬼從一開始就注意到了這件事，肯定有機會弄到至少兩張票紙。第一張在調查第六人的屍體時，第二張是在前去救助被地雷炸飛的言葉時。再加上自己的和抽屜裡的，幽鬼手上可能有四張票。假如規則允許記入每一張票，御城她們恐怕沒有抵抗的餘地。

「……那麼，既然沒有人想再發問的樣子，我就先告退了。從現在開始十五分鐘──在計時器剩餘一小時又五分鐘之前，都是投票時間。祝各位玩家好運。」

噗滋。螢幕暗掉了。

御城看向計時器，顯示的是「01：20：03」。

（27／30）

桌上有個圓筒形鉛筆盒，裡頭有兩枝筆。仔細查看後，確定是普通的鉛筆。御城又仔細查看過房間一遍，並沒有一票抵兩票的純金票紙，或是能偷窺其他玩家寫誰的孔洞。知道沒有方式偷機的她這才死心坐到桌前。

御城是右撇子，而右手被野獸吃了。用左手寫字的經驗，頂多就是小學時玩鬧的那幾次。為了寫出可供辨識的字，她盡可能地將筆握短。

然後思考。

究竟該寫誰的名字。

首先想到的是那個可惡女孩的臉。幽鬼，在這場遊戲裡不時與她起衝突的玩家。只要沒了她，御城又能重回第一——可是——她無法爽快寫下幽鬼的名字。因為先前那件事，使她的想法產生了變化。在倫理都沒一撇的這個遊戲裡，即使是御城這樣的常客，心裡的義字至少還有個一點。在這裡投給幽鬼，有道義可言嗎？

接著想到的，是言葉。這場遊戲裡受傷最重的玩家。她不會再參加遊戲了吧。既然以後不會遇到她，與她結怨也不會造成問題——可是，御城依然動不了筆。御城同樣受了無法繼續遊戲的傷，心中難免有點同病相憐之情吧。

「……這時候還是得照規矩來吧。」

御城喃喃地這麼說，寫下決定命運的名字。

慣用手被野獸吃了，寫得有點辛苦，但好歹是交出去了。御城靠上椅背，等待時間過去。

房裡的計時器總算來到了「01：05：00」。

御城還以為那個大野狼會回來開票，卻沒有這種事。螢幕從那之後就死守沉默。

「……咦？」

其他房間傳來的聲音，讓御城知道票開出來了。

「咦……是我？真的是我？為什麼？」

人在不同房間的御城，不曉得她是如何得知自己最高票。是只有她房間的螢幕播出了通知畫面，還是散布口已經在噴藥了呢。無論如何，結果很明顯了。知道最高票不是自己，讓御城總算安了心。

「誰？是誰投給我的？言葉？妳不是說妳不會投給我嗎？妳沒投吧？我有投給毛線喔？為什麼會這樣？我做了什麼嗎？」

就是因為什麼都沒做啊。御城心想。

毛線在五樓和四樓帶頭，承受陷坑風險。言葉在三樓帶頭，雙腿被地雷炸斷。御城在三樓到二樓帶頭，右手被野獸吃了，而幽鬼救了前兩人。每個都對完成遊戲做出了一定貢獻，除了一個人。那就是除了揹言葉以外沒做什麼事的智惠。

「不對吧，這又不是我的錯？誰帶頭明明是猜拳決定的啊！又不是我的責任！為什麼妳們要把那種『解說員』的話當真？票應該要投給想殺的人才對吧？怎麼……怎麼只因為這樣就推給我！」

御城第一次有「那種感覺」，是在妹妹出生時。之後每當姊妹起了糾紛，母親總是不分青紅皂白，將所有責任歸咎給御城。這讓御城覺得很奇怪，為什麼這母親就不能公平對待她們。而「那種感覺」造成決定性影響，是在御城上的高中發生凶殺案時。被霸凌當跑腿的學生，選擇了「自力救濟」，但不知為何幾乎沒有人同情那位學生。還記得當時，她明白了這是因為每個人都很自私無情。這讓她心想，自己現在做的事也跟他們一樣吧。只要把所有責任推給合適的替死鬼就沒事了。這次還掛上了「對遊戲沒貢獻」的藉口，更加惡質。

「為什麼？為什麼是我不是毛線！那個馬屁精到底哪裡好！御城，妳沒看到嗎！她跑得比我還快耶？還邊跑邊笑耶？她根本不擔心妳，只想到自己沒事耶？該殺的是她不是我吧？喂……說話啊！我只剩五分鐘了耶！」

御城什麼也沒說，只是輕輕閉上雙眼。

「我絕對不會原諒妳們。妳們不得好死。不得好死。不得好死。不得好死。不得好死！不得好死！不得好死！不得好死！不得好死！不得好死！不得好死！不得好死！不得好死！——……」

智惠不停重複一樣的話，捶打門板。音量和語氣始終如一，捶門的力道也沒有變化。門也沒有要打開的樣子。

最後，聲音像揚聲器斷訊一樣停了。

可以聽見些許啜泣聲，只有一小段時間而已。她很快就不再出聲，御城耳邊只剩下陣陣耳鳴。

房間的電子計時器，顯示的是「01：00：02」。

（28／30）

門開了。

幽鬼最先走出來，接下來是御城，腳步顯得不太穩，再來是毛線。幽鬼想起言葉無法靠自己出來，便過去接她。像從三樓到二樓那樣，把她揹出來。這樣就四個人了。

沒有第五個。

智惠進的那間房仍是鎖著，推不動，拉不開。門板上下兩端都沒有縫隙，看不見裡頭情況，但每個人都清楚聽見了她的下場。

四人之中，最早出聲的是御城。她以「幽鬼小姐」起頭，開始對話。

「妳沒事啊……太好了。」

「嗯，多虧了妳。」

幽鬼從背包裡拿出染血的小刀。

那原本是御城的小刀。

「我拿來用了。因為有它，我贏得很輕鬆。」

「……我的刀……被妳撿走啦？」

「不用可惜嘛。」

御城將幽鬼從頭到腳仔細看了一遍。

她腹部有些棉花擠出來，其他部分可說是沒有傷害。到頭來，「熱沃當怪獸」還是無法痛擊幽鬼。揹負言葉時還難說，但在沒有包袱的情況下，那點程度的障礙對她來說不算什麼。

御城抓著自己的右肩。不用問也知道她在想什麼。

「那個……」

幽鬼背後有聲音傳來。是言葉。

「我或許不應該問這個問題，可是……我還是想問，妳們最後投給誰了？」

所有人都僵住了，並花了段時間窺探彼此反應。「……我，投給了毛線。」

打破沉默的是言葉自己。「因為她至少有揹我走過一樓，我欠她人情……」

「……我投給了智惠小姐。」御城接著說：「我是按照『解說員』的指示選擇她的。」

「我也是投給智惠。理由一樣。」毛線說。

對於智惠臨死前的叫喚，誰都不曾提及。彷彿有不成文規定說不准提。

「幽鬼妳呢……？」言葉問。

「不知道耶。」

幽鬼回答：「大概是投給智惠了吧。她應該是投給毛線，不是她的話就二三同票了。」

「大概？大概是什麼意思？」

「呃，就是那個，同時投兩票以上，先開的為有效票那個規定嘛。對我來說誰都可以，就一人寫一張，一次塞四張過去。所以我也不知道會投到誰。」

幽鬼以外的人全都傻眼了。

「……妳有……四張票紙啊？」最後毛線先開口。

「嗯。我自己的、從第六人拿來的、言葉的和抽屜裡的，總共四張。」

「妳一開始就注意到那是用來投票的嗎？」御城問。

「差不多啦。我看我以外的人交情都不錯，什麼都不做的話，被放逐的肯定是我。所以救言葉和御城，是為了賺點人情分數。」

話說回來——「只因為這樣」啊。智惠的話在幽鬼耳畔迴盪。這次案例中，是幽鬼的票左右了開票結果。由於投給誰都不會影響到她自己的利害關係，隨機決定最公平，不過幽鬼覺得稍嫌不負責任。最好先想個其他基準出來，以防以後再遇到同樣狀況。

房門開啟的同時，出口的門也自動開啟，幽鬼幾個從那裡離開大樓。門外已經有幾輛車在等候，每個人的專員一見到她們就上前迎接。

遊戲完成了。

幽鬼這次也活了下來。

「幽鬼小姐。」御城臨別時說。

「什麼事？」幽鬼問。

「妳先前說……妳中意我嘛。」

「啊。嗯，是有這麼說過。」

「那是為了不讓我投給妳，一時亂說的嗎？」

「嗯？不是喔，我沒有想那麼多。因為以前沒人對我說過那種話，覺得妳很有意思就那樣說了。」

御城注視幽鬼的眼睛，想看透她的真意。幽鬼沒有做虧心事，便正面承受她的視線。

不久，御城拉下了臉。大概是為了鼓起勇氣，她停頓了一、兩秒時間，咬牙切齒地說：

「幽鬼小姐。對妳態度那麼囂張，我真的很抱歉。」

幽鬼錯愕還沒停，大小姐又繼續說：

「現在我很清楚誰高誰低了……尚請海涵。」

幽鬼還沒來得及反應，御城已經上了車。「那個……幽鬼？我要上車了，能請妳放我下來嗎……」直到言葉拍拍她肩膀，幽鬼都是傻在原地。

（29／30）

御城等這個遊戲的「常客」玩家，每個都有專員服務。只要活過死亡率最高的第一場遊戲，和僅此一次的玩家不會再參加的第二場遊戲，就會獲得主辦方配給的專員。專員全都是黑西裝黑墨鏡黑頭車，整齊得像是都市傳說才會出現的團體，不過個性卻是千差萬別。有的只會提供最底限業務——如接送玩家，連話都不說，有的則是聊個不停，涉入玩家私生活，甚至幫助玩家更上一層樓。

御城的專員即是後者。

「難得喔，大小姐。」

專員打著方向盤說。

人在車上，對象是頭垂得像死了一樣的御城。

「您居然也會道歉，是不是有生以來第一次？真是讓我大開眼界，早知道就錄下來了。」

「請問……」

御城打斷專員說：

「我可以，稍微發飆一下嗎？」

「……在這裡？這個嘛，能請您稍微忍忍嗎……」

「照顧玩家的心理健康，也是妳的職責所在吧？」

御城片面找了個藉口就抬起右腳。

然後往專員的座位全力踹下去，並大吼：

「媽的！——媽的！媽的！媽的！那個賤貨！——※※※※！」

御城用盡全力一踹再踹，想到什麼就毫不審查地罵出來。反作用力將她割傷的背一次次壓在椅背上，但她顧不得疼，宣洩心中鬱悶最重要。

御城一直踹到體力耗盡才停。她喘得上氣不接下氣，在後座躺下。「幸好沒錄音呢，大小姐。」專員調侃道。

「罵得那麼難聽，被我以外的人聽到肯定斷絕往來。」

「妳少廢話……」

即使累癱了，御城的火氣還是很足。

「既然這麼不甘心，那又何必道歉呢。」

「因為我覺得有必要。如果不認清現實，我就無法戰勝現實，無法打敗那個女的。」

「……喔？那是什麼意思，您還要繼續玩下去嗎，大小姐？」

御城看向右手。手肘以下沒了，比筷子輕的東西也拿不起。在這種狀態下參加遊戲，沒有活命的機會。

「首先，要從回到原點開始。」

御城說：「我決定接受妳以前說過的那件事。」

「那件事？在右手裝鑽頭那個？」

「裝了能出場我就裝，不過那樣犯規吧？」

「是啊，不可以帶武器進去。」

「那我就裝一般的義肢。」

「要知道，『那個人』的技術也沒辦法完美復原喔？跟回歸原點恐怕有點不太一樣。」

「這部分，我就靠自我提升來補。無論如何，憑現在的實力，我怎麼也比不上那個女的。我需要大幅提高等級，高到可以把義肢的缺陷蓋過去。」

「也就是現在手腕還不夠呢。雙關一下。」

「…………」

「就是，右手的下臂和實力的手腕……」

「開車看前面。」

「遵命。」

（30／30）

探索廢墟時，最需要害怕的事——

不是被坍塌活埋，

不是帶回不乾淨的東西，
也不是被警察關切。

如果發現無人廢墟有近來使用過的痕跡，
應已遺棄多年，卻頗為乾淨，
又發現棉花狀物體，那就糟了，
必須立刻離開該處，忘了見到的一切。

因為那是曾經舉辦「遊戲」的證據。

2. GOLDEN BATH（第30次）

（0／41）

各行各業都會有前後輩或師徒的關係，在這個會死人的遊戲業界也不例外。想活久一點，最重要的就是早點拜師。在這個一次失誤就會直接關係到生死的遊戲裡，無法藉由試誤累積經驗，也因為這種地下生意見不得光，不會有人在網路上分享生存竅門。玩家想「進修」，就只能選擇各種學習方式中最傳統的一種——那就是拜師學藝，請她告訴妳怎麼做。

幽鬼也有師父，名叫白士。她是幽鬼所知過關次數最高的玩家，高達九十五次這麼一個驚天動地的紀錄。幽鬼就是向這樣的人學習遊戲的入門知識。

「要小心第三十次遊戲。」

這是她其中一個教誨。

「有種東西叫做『三十之牆』。這是說一路順利過關，經驗和實力都很雄厚的玩家，很容易在第三十次突然就死掉了的現象。存活率特別低，所以叫『牆』。我這樣超過三十次的玩家非常少，就是因為這個現象。」

「……是主辦方會故意提高遊戲難度嗎？」

幽鬼問道。管理遊戲的「主辦方」若想操作場地設定，陷特定玩家於不利，應該是輕而易舉。

「不。」

白士回答：「難度並沒有改變，也沒有主辦方在遊戲過程動手腳的感覺。其實他們很避諱操作遊戲結果這種事。」

「所以是玩家自己鬆懈了嗎？經驗豐富以後，行為也愈來愈大膽，剛好在第三十次會爆炸這樣……」

「或許真的是這樣。也有可能是太在意所謂的『三十之牆』，導致表現受到影響。可是——就我的經驗來說——那不是那麼模糊的東西。是一種什麼都跟自己犯沖的感覺，被全世界圍攻的感覺，根本就是一種『魔咒』。之前或之後，都不會有那種經驗，一次就夠讓妳受的了。」

「……那要怎麼才能跨越這道『牆』？」幽鬼問。

白士回答：「知道就不用傷腦筋了。」

（1／41）

幽鬼在三坪大的公寓裡醒來。

（2／41）

腦袋還有點茫，四肢無力。這是遊戲開始與結束時給予的安眠藥所導致。「啊啊……」知道遊戲正式結束後，幽鬼哀怨地呻吟著爬起來。

有套折好的白色服裝擺在枕邊。那是她第二十九場遊戲的服裝。可是，她知道那不是她從遊戲裡穿出來的。因為在遊戲裡被藥劑淋中，衣服應該整件都溶掉了。衣服破損的經驗多得數不完，整件消失倒還是第一次。主辦方替她另外準備一套的事，也是第一次。

幽鬼拿起衣服。

然後「啪！」地一聲，她把衣服砸在地上，說聲：「可惡。」

（3／41）

做完遊戲後的慣例——將服裝收進衣櫥、為死去的玩家祈福與檢討遊戲過程後，幽鬼外出了。

她在不知不覺間，養成了散步的習慣。她曾覺得什麼都不做，就只是走路很浪費時間，是閒得發慌的老人才會做的事，但現在不同了。看來，人類似乎真的需要放空的時間。發生不愉快，或犯下愚蠢錯誤而沮喪時，只要散散步，幽鬼的心情就會逐漸平復。

可是這次散步，卻抹不去幽鬼的鬱悶。

第二十九次遊戲裡，幽鬼又出醜了。溶掉的不只是白衣而已，被藥劑從頭淋中的她全身皮膚都嚴重灼傷。聽專員說，連頭蓋骨都溶掉了半層。現在幽鬼腦袋上的頭髮，幾乎不是她自己長出來的。儘管她不是視髮如命的人，頭部受傷的事實仍使她受到不小的打擊。

她不是只有這次出醜。上次遊戲和上上次遊戲，幽鬼的狀況都不太好。雖然第

二十八次遊戲──「GHOST HOUSE」裡，縱然是最佳狀態也改變不了結果，她還是覺得自己的表現很丟臉。

也覺得這樣下去很不好。

而且下次就是第三十次了。

不──正因為是第三十次，更不能那樣。

（4／41）

又多消磨兩星期的學生皮鞋鞋跟叩叩地敲著馬路。

幽鬼在夜間散步的路上。最近幾天，她天天散步。夜校放學後不直接回家，先到處閒晃。

原本會先回家，換上運動服再出門。最近開始嫌麻煩，直接穿水手服散步。基本上，幽鬼仍是未成年少女，在這種時間穿學生服到處閒晃其實不太好，但不知為何從來沒有警官前來勸導。是好運沒遇到，還是主辦方打點過了，抑或是警官以為自己撞鬼，只顧躲在一邊唸經呢？

距離上次遊戲已過兩星期，狀況還沒恢復。幽鬼試過加強營養均衡、保持充足睡眠，或天天像這樣散步，卻都不見成效。不知道哪裡不行，只知道這樣不行。彷彿全身齒輪都沒咬合，軸心鬆動了的感覺。

對幽鬼來說，兩星期是一個節點，平時都是每隔兩星期參加一次遊戲。一星期不夠恢復體力，一個月又會讓感覺鈍化，所以她認為間隔兩星期，也就是每個月參加兩、三次遊戲是最佳解。這件事幽鬼的專員也很清楚，所以她覺得專員應該快來了——說不定今晚就會上門邀請。

然而，幽鬼本身卻不是適合應邀的狀態。

一個選項始終揮之不去。

那就是略過這次遊戲。這當然是沒問題。即使「主辦方」在遊戲裡半點人權也不講，在遊戲外對玩家的照顧卻堪稱溺愛。是否參加遊戲，由玩家全權決定。不會因為拒絕以後難度就增加，或是拿你可愛的妹妹要脅，不想參加大可拒絕。

不過這恐怕只是拖延問題而已。

幽鬼不覺得再等下去狀況會變好——不，狀況只會愈來愈糟。離開遊戲的時間愈長，戰鬥感官會變得愈遲鈍。

腦海開始浮現不好的預測畫面。幽鬼略過這次邀請後，依然找不回萬全狀態，又略過了下一次邀請，此後一再反覆。感官逐漸生鏽，自信愈來愈低，到最後——

再也無法回到遊戲。

「我不要這樣……」

幽鬼喃喃地說。

她不想在那樣的拖磨中失去破關九十九次的志向。

可是該怎麼辦才好呢，要硬著頭皮參加遊戲嗎？因為狀況只會愈來愈糟就不顧一切參加遊戲，簡直跟新手沒兩樣嘛？幽鬼不只想贏，還想做個行家。盲目參加遊戲是種可恥的事，形同半途放棄。

這兩星期，她想了又想。

遲遲想不出結論，鑽進了死胡同。

到了今天，依然是沒有結論。幽鬼平時散步完都會到超商買個冰，但她猜想或許是不該讓身體冷卻過頭，所以今天沒吃，只是在回家路上用嘴巴呼吸鎮鎮口欲。

而她的腳步，停了一剎那。

（5／41）

剎那過後，她又繼續走。停頓只是一瞬之間，不至於不自然。一百個人看了，有九十九個不會注意到變化。

除非是專家，不然不會察覺。

但若對方真是專家，或許就暴露了。

幽鬼停頓是因為感到來自背後的視線。玩過二十九次非死即生的遊戲，自然會培養出這樣的感應力。危害的意圖——也就是「殺氣」，已不在話下，就連單純的動靜或視線也感應得到，準確度還相當高。同時幽鬼也持續在訓練自己，如何不被來源察覺自己已發現其存在。

——然而這次似乎失誤了。

有那麼一下子，幽鬼對視線產生了反應。如果對方是刑警或偵探那類辨識他人反應的專家，說不定會發現幽鬼的不自然之處。這讓幽鬼不禁咒罵自己，即使在遊戲外也未免散漫過頭了。狀況果真是不太好——

幽鬼中止自責。

不對，現在應該將注意力放在視線上。何時開始的？應該是剛剛那一刻才盯過來的吧。可是幽鬼狀況不佳，不敢肯定。說不定是剛開始散步就開始了，不，或許是在學校就已經在跟監了。會是誰？夜校的同學？想督導未成年少女夜間遊蕩的警官？幽鬼的專員來邀她參加第三十次遊戲？還是某個跟她結了怨的玩家查出了她的住處，正伺機下手呢？

無論如何，都非揪出對方不可。

於是幽鬼偏離歸途，往附近公園走。選擇公園沒什麼特殊理由，就連被迫戰鬥時不會引起太大騷動的想法也沒有，就只是遵循「在深夜與人見面就是該挑公園」這種近似偏見的直覺。

總之就是公園。有鞦韆、溜滑梯、肚子裝彈簧的動物造型遊樂器材，和一張孤零零的長椅，頗為寒酸。大概是很久沒人來整理了，遊樂器材生鏽了，地上也長出不少雜草。且現在是大半夜，當然是沒有半個人在。

幽鬼就在這般公園的中央停了下來。

同時幽靈似的快速回頭。她已在路上鎖定了視線來向，眼前有棵可以躲一個人的大樹。

「出來。」

幽鬼說道：「偷偷摸摸跟蹤我想做什麼？」

對方沒回答。幽鬼等得不耐煩，心一橫要過去把人揪出來。她不覺得自己主動出擊有危險，因為這段路上她已摸出了跟蹤者的一些底細。他並不是專家，可能是同學或路過的變態。幽鬼不禁抱怨，為什麼偏偏挑這時候來。現在可是正要邁向三十大關，極其重要的時期——

——不——會是因為要三十次了嗎。

當幽鬼逼近到一半距離時，跟蹤者主動現身了。

是個中年男子。

從沒見過。幽鬼專門在只有女性的業界打滾，認識的男性極度稀少，頂多就父親、學校的同學和老師而已。這名男子不存在於如此稀少的名單裡。

可是，幽鬼覺得他有點面熟。沒有見過，卻覺得面熟。無論是那身老舊的格紋西裝、應有運動習慣的健康體格，還是在社會上打滾了幾十年的滄桑臉孔，幽鬼都沒有印象。可是他的氛圍，那說不定會把自己逼死的急迫神色，感覺很面熟。

「對不起。」

男子摘下帽子，深深鞠躬。

「我原本是打算等您都結束以後再出聲的。看來這樣反而惹來您的反感，實在萬分抱歉。」

「……你是誰？」幽鬼問。

「我叫金子努，日前，小女受您照顧了。」

這名字使幽鬼瞪大雙眼。

因為她在男子臉上見到了那少女的形影。玩家名稱：金子。與男子同姓，在幽鬼第二十八場遊戲「GHOST HOUSE」中喪命，且幽鬼須為此負起絕大部分責任的少女。

男子是她的——

「——爸爸？」

（6／41）

幽鬼是在上上次遊戲「GHOST HOUSE」中認識那名少女。

玩家名稱：金子。身材瘦小得像是不小心一點就會碰壞，個性死正經到似乎白費了一半人生的金髮雙馬尾女孩。參加這種遊戲很少有那麼正經的人，因此讓幽鬼印象深刻。

這次事件，更會提升她在畢生難忘玩家排行榜上的名次吧。幽鬼也曾經在遊戲外遇見玩家，但遇見家人，例如父親的事，倒還是第一次。

（7／41）

站著說話不太好，幽鬼便與金子先生坐到了長椅上。公園很破舊，長椅一樣破舊，雖然邋遢的幽鬼一點也不介意，可是她猜想這位紳士或許會排斥，提議換個地方說話。而金子先生回答：「不，無所謂。」又說：「我要說的事，也不適合在乾淨的地方說。」

於是兩人在長椅坐下。「……該從哪說起呢……」金子先生捻著鬍鬚說，這時幽鬼搶先發問：「那個，金子先生？」

「請說。」

「我想先問一下，您是從哪裡打聽到我的？」

幽鬼頭一個想知道的就是這件事。主辦方不會透露玩家個資，就算金子先生是「GHOST HOUSE」的「觀眾」，應也無法得知幽鬼的地址。幽鬼不會到處炫耀自己是重度玩家，也沒有上學以外的社交活動，個資究竟是從哪裡洩漏出去的呢？

「我只能說……我是用我的管道查出來的。」

金子先生有口難言地說。

「對不起，細節我也不清楚。」

「……這樣啊。」

隱情頗深的樣子，幽鬼也不打算硬要問了。

「那您知道多少呢？」

「我知道您是遊戲的常客，還知道您最近和我的女兒參加過同一場遊戲。」

「就是金子吧。」

「她自稱金子嗎？」（註：父親金子的日文發音為KANEKO，女兒金子的日文發音為KINKO）

「咦？……啊，對啊。為了隱藏身分，一般都會用假名。叫做玩家名稱。」

「這樣啊……」

看來金子先生對遊戲內容知道得不多，也不知道金子是喪命於誰的手中吧。

「她是金色頭髮，綁著雙馬尾，個子小小的女生吧。責任感很強，感覺跟您很像。」

「跟我像不像……我就不確定了……不過妳說的的確是我女兒。」

金子先生一臉的沉痛。

畢竟他失去了女兒，世上最可悲的事莫過於此。是人就該有的同情心，與關係到金子之死的罪惡感，幽鬼也都有。

但是另一方面，她也有事情對不上的感覺。

似乎有哪裡不對勁，究竟是哪裡呢？幽鬼努力回想金子的話。當時——對，她參加遊戲的原因是——

「金子先生。」幽鬼說：「有件事我想先了解一下。」

「……什麼事？」

「我記得金子她說過，她是為了幫忙還父母欠下的債才參加遊戲的。這部分是怎麼回事？」

感覺上，金子的家境並不好。所以幽鬼起初想像的是母爛父渣，所有破事全都歸結到金子身上的糟糕家庭。現在幽鬼眼前這個男人看似腳踏實地，跟幽鬼的類型完全不同，與想像實在差太多。

就算這個人是個會將女兒賣給遊戲的人也無所謂，幽鬼很想聽聽他的說法。

「我無話可說。」

金子先生回答：「欠債是事實。祖業愈來愈走不下去，結果就……」

「結果就逼女兒出場了？」

「不是！我絕對……不會做那樣的事……不過結果或許就是這麼回事。當時我都在忙自己的事，疏遠了她……」

「……這樣啊。」

幽鬼心想，他應該是無辜的。

金子也像是個不等任何人開口，就會自己去調查遊戲的事，自己去參加的人。當然也有可能是主辦方的人主動找上她，但無論如何，她都是自願參加。

「那您已經知道，您的女兒在遊戲裡怎麼了吧。」

「……我只知道，她死在遊戲裡了。」

「您這樣與我接觸，是因為這件事嗎？」

「當然。」

金子先生握緊了腿上的手。

「我想替女兒報仇，說什麼都要毀滅辦這種遊戲的組織。幽鬼小姐，拜託您助我一臂之力。」

（8／41）

金子先生將手伸進西裝內袋。還以為是要拿名片，不過他已經自我介紹過了，拿出的是一個小塑膠袋。

長得像裝命案證物的那種小袋子，裡頭有個看起來很難吞的大型膠囊。

「這是什麼？」

「定位器。吞下去以後，無論您在地球上的哪裡，都追蹤得到。」

金子先生這麼說之後就交出定位器，幽鬼接過來仔細看了幾眼。膠囊並非透明，怎麼看也看不出裡面有定位器。

感到金子先生的視線，使她抬起頭來。

「下次遊戲前，希望您把它吞下去。」

「……這樣啊。」

他的意圖很明顯，就是要幽鬼帶著定位器去參加地下世界所舉辦的遊戲。也就是說——

「這遊戲最棘手的部分，就是它十分隱密。不僅是遊戲本身，在幕後操控的組織、客戶等一切工作都是在暗地裡處理。可是反過來說，只要曝光在太陽底下，要讓它毀滅並不困難。」

說得也是。幽鬼心想，二十一世紀的日本——起碼是現代日本——不會容許這種草菅人命的遊戲存在。事情一旦公開，遊戲和主辦方都會迅速瓦解。

「當然，那不會危害您的健康，過幾天就會自然排出，您也不需要做任何操作。我要拜託您做的，就只是吞下這個膠囊而已。查出遊戲會場的位置以後，接下來的事我們自己會處理。」

「我們？」

金子先生露出說溜嘴的表情。

「金子先生，您不是只有一個人啊？」

「……對。那個……這個膠囊也是同伴做的，不是我。」

看他答得支支吾吾，幽鬼也大概知道是怎麼回事了。

「那些『同伴』的事，應該是不能告訴我的吧？」

「對……非常抱歉。」

在幽鬼的想像中，那大概是類似「受害者自救會」的組織。這遊戲的犧牲者不僅是金子一個，根本數不清，家人數量又更是她們的好幾倍，出現這種組織是可想而知。先前金子先生所提到，用來查出幽鬼身分的「管道」，或許也是由來於此。

而金子先生也很可能接到了「不准透露組織資訊」的命令，所以才會說得那麼不乾脆。是為了降低風險吧。他們還不知道幽鬼是否值得信任，胡亂透露組織資訊，可能會被幽鬼洩漏給主辦方。能在黑暗中保身的，並不只是主辦方而已。

幽鬼把弄了幾下手裡的膠囊，並問：「您是知道我是玩家才來拜託我的吧。」

「對，能請您答應嗎？」

「可是這不就表示，我是接受遊戲存在的人嗎？怎麼會覺得我會幫你們呢？」

「這點我當然有想過。成功毀滅遊戲以後，我保證會提供您過衣食無缺的生

活，也會利用我的門路給您介紹新的工作。」

幽鬼覺得他答非所問。

沒有他的救濟，幽鬼靠遊戲獎金也夠她用上好一陣子。介紹新工作也沒用，會來參加遊戲就是因為她無法融入一般社會。再說了，幽鬼會成為玩家也不是為了錢或就職。

「這裡好像有點認知上的問題。」幽鬼說：「金子先生，您該不會以為我是被迫參加的吧？」

「……不是這樣嗎？」

這回答讓人有點受傷。

「當然不是那樣啊。有些人是像金子那樣，被生活所逼，可是那樣的人頂多只會玩五、六次而已。會繼續玩下去的，完全是因為想玩而已。這種人的生死觀不太正常，將某些執著擺在失去性命之前，所以才玩得下去。」

「執著是指……」

「我的話嘛——」

她想說，我不想過行屍走肉般的生活。

她想說，我以九十九次破關為目標。

但最後還是說不出口。

「幽鬼小姐？」

「……總之就是，原因很複雜啦。很複雜。」

幽鬼含糊其詞。金子先生也覺得不方便刺探私事，沒再問下去。

「請恕我多事。」

相對地，他說出了自己的看法。

「幽鬼小姐——不，不只是您，我覺得這個遊戲的每個玩家，都應該更珍惜自己一點。」

幽鬼心裡忽然有種不舒服的感覺。

前不久，與某個殺人狂爭論時也有類似感受。再往前，可以追溯到孩提時代被老師或母親責罵時。那是種站不穩的感覺，心臟被人碰觸的感覺。

私密領域被人大步踏入的感覺。

自己的根本被人否定的感覺。

「雖然這個時代提供了很多種生活方式，但凡事都該有個限度。玩命的遊戲，

僅止於看看漫畫或電影就行了。實際去做那種事——講難聽一點，明顯是很有問題。」

別這樣說。我也知道自己有問題，我們就是知道才會去參加遊戲。很遺憾，我們玩家的問題就是適合那種遊戲。不用你說我也知道，少管這種閒事。

「這種事情，不應該存在於二十一世紀的日本。幽鬼小姐，拜託您聽我一勸。能夠反覆挑戰死亡遊戲的人，在遊戲外也一定生存得下去。拜託您，幫助我們打擊罪惡吧。」

閉嘴。別把「反覆挑戰」說得那麼輕鬆。我有屬於我自己的成果，別自以為是說什麼還有其他路能走。

幽鬼握緊膠囊，很想退回去。

還想說，她有身為玩家的驕傲，那是她決定走的路，而且是以破關九十九次為目標，快拿著你的東西滾。

真的很想這麼說。

「——……」

可是話到了嘴邊，就是說不出口。

只洩出不由自主的笑。

這讓她覺得自己病得不輕。

（9／41）

告別金子先生後，幽鬼走在回家的路上。如果這時又有人跟蹤就好笑了，但沒有這種事，一路風平浪靜。她也因此得以好好思考自己手裡的這個問題。

膠囊型的定位器。

「……日本人就是不善於拒絕啊……」

幽鬼沒有接受金子先生的請求，也沒有拒絕。想丟掉也可以，請您在遊戲開始之前好好考慮——她在金子先生這麼說之後就收下膠囊，沒說ＹＥＳ也沒說ＮＯ，就是這麼不乾脆。

她搓著裝膠囊的塑膠袋，心想自己究竟為什麼會收下這種東西。明明不會選擇吞下去。她是由衷同情痛失女兒的金子先生，但這是兩回事。一旦敗露，幽鬼恐怕小命不保；沒了遊戲，幽鬼自己也傷腦筋。這樣就要失去存活九十九次這麼一個鐵

了心立下的任務了。

可是，她卻無法將這些話化為聲音。

因為她的心動搖了。

狀況遲遲不見好轉，削弱了她的自信，不再有優秀玩家的自負。我是以破關九十九次為目標的人，所以無法接受——她沒臉說出這種話。

幽鬼拆開塑膠袋的夾鍊，取出膠囊。那是個有幽鬼小指那麼粗的大型膠囊。吞下去就不用想那麼多了的想法在腦裡打轉。因為這樣可以一次解決兩個問題。肚子裡有膠囊就不能出場，只好跳過下一場遊戲。過幾天就會隨排泄物沖進馬桶裡，就能說不是故意丟棄膠囊了。一舉兩得。

儘管如此，她還是沒吞下去。這是因為幽鬼不太會吞膠囊，害怕這麼大的東西會噎死她，沒配水實在不敢嘗試。遊戲前給的安眠藥，她都是像吃紅蘿蔔的小孩一樣緊閉眼睛用力吞下去。為了做好準備，幽鬼握著膠囊回到那間破公寓。

公寓前，停了一輛車。

「——晚安。」

駕駛座窗戶降下，幽鬼的專員探出頭來。

幽鬼急忙將握著膠囊的左手藏到背後。一開始就握在手裡，專員應該沒看見，但還是會怕。要是露餡，遊戲還沒開始就出局了。

專員似乎沒注意到幽鬼的緊張，一如往常地說：

「我來邀您參加遊戲了。準備好了嗎？」

「啊，好了。」

說完以後，幽鬼傻住了。

亂說什麼東西。怎麼傻傻就照平常那樣回答了。

「請上車。」專員開啟後車門，幽鬼想訂正而開口：「呃，那個——」

「怎麼了嗎？」

「……沒事。別在意。」

幽鬼這次沒心急，按心裡想的說。

她現在覺得，這樣也不錯。伸頭是一刀，縮頭也是一刀，不如順著狀況走。幽鬼一向是來者不拒，來邀就當場答應，維持一貫風格就行。定位器這東西，偷偷扔掉就行。

幽鬼穿著水手服就上車了。「那麼，這次也一樣。」專員這麼說之後將一樣東

西交給幽鬼。

是普通大小的膠囊。

那當然不是定位器，是安眠藥。主辦方的保密措施之一，以免洩漏會場位置。服用以後很快就會睡著，醒來以後遊戲就開始了。

專員又說聲「請用」，遞來水杯。都已經接送幽鬼一年了，自然知道她沒水不會吞膠囊。幽鬼左手伸出去又停了下來。握著膠囊，不方便拿紙杯。於是她先將膠囊放進嘴裡，把手空出來再拿。

然後一口氣喝光，吞下膠囊。

通過喉矓的感覺比平時還大。

這下她才注意到自己犯下的重大失誤。

「……！」

幽鬼張開右手，出現的是普通大小的膠囊。

那顆安眠藥。

那剛才吞的是什麼？

糟了，不能就這樣參加遊戲。幽鬼按住肚子。可是她沒練過人肉幫浦——使吞下肚的東西逆流回來的技術。用手摳喉嚨是能夠催吐，可是弄得那麼誇張，專員會察覺異狀。

幽鬼往前看去，車已經上路了。後照鏡中專員往她瞥一眼，不能再拖下去了。畢竟有過吞安眠藥的動作卻沒有快速睡著是件奇怪的事。要是被她懷疑吞了其他東西，事情就很可能會敗露。

只好硬著頭皮上了。

幽鬼以按摩眼球作掩護，吞下右手裡的安眠藥。

吞了以後，才發現自己又犯錯了。是怎樣，我在搞什麼鬼？又不是車發動了就不能回頭，直接說這次放棄不就好了嗎？

但為時已晚，藥效優異，睡意馬上就來了。幽鬼想做點垂死掙扎，可是過去二十九次以來她一次也沒能趕走這睡意。第三十次，她也是頭一歪就睡著了。

究竟會不會有第三十一次呢。

（10／41）

遊戲開始。

蜜柑在被人搖晃的感覺中醒來。

（11／41）

全身一陣刺痛，眼睛不由得睜開。蜜柑轉動還沒清醒的腦袋，查看四周。

人在狹小的房間裡。

小到無法平躺，她是背靠著牆兩腿折起，才勉強擠進這空間之內。會是以不舒服的姿勢昏睡，身體抽筋了嗎——她這麼想著站起來。

接著立刻發現，這裡是淋浴間。

這是因為站起來時頭上撞到了大蓮蓬頭。蜜柑按著腦袋往蓮蓬頭看，再看到水管、水拴、鏡子、裝衛浴用品的小容器、毛巾架和上面的薄浴巾、突出天花板的圓燈，將房裡的東西都看了一遍，愈看愈像淋浴間。

住家裡的淋浴間大多是以玻璃圍起，但現在周圍卻是白牆，看不見房外狀況。蜜柑解開門把上的鎖，稍微推開門向外窺視。

門縫外還是一片白。

水汽的白。

會認為不是霧而是水汽，是因為起點是淋浴間。白煙另一邊，有貼了磁磚的地板、牆壁，還有幾口放了水的浴池。原來遊戲場地是大澡堂。

水汽濃成這樣，令人感到主辦方滿滿的惡意。蜜柑猜想這是需要注意腳下的遊戲，小心翼翼地離開淋浴間——

然後發現自己赤身裸體。

「……！」

嚇得她倉皇退回去。

將門緊緊關上，不讓人從外面看見。

蜜柑緊抓雙肩縮成一團。全裸，我是全裸，宛如新生兒，一絲不掛。為什麼沒穿衣服？蜜柑自問。因為是澡堂啊。蜜柑自答。因為是澡堂個屁啦。蜜柑吐槽自

己。蜜柑東張西望得像個第一次來到大都市的鄉巴佬。淋浴間裡會有攝影機嗎？會有人在偷窺嗎？

這遊戲是場表演，玩家時時刻刻都受到「觀眾」的監視。蜜柑這次是第五次參加遊戲，其中也有過非常暴露的服裝，而蜜柑都看在錢的份上吞下來了。可是，全裸也未免——

蜜柑又張望起來，這次不是找攝影機，是「服裝」。這遊戲的服裝，好的像角色扮演，糟的就像暴露狂一樣，而這次是根本沒有嗎？不會因為是澡堂就「不給」吧？真的要光溜溜地進行遊戲嗎？就在蜜柑絕望高漲時，她注意到了掛在牆上的浴巾。原來如此，要用這個遮嗎？蜜柑用浴巾裹住身體，照照鏡子，看起來文明多了，讓她一介凡人也忍不住猜想當初亞當和夏娃是否也有過這種心情。

當她正要重新離開淋浴間時，蜜柑又有新發現。

視線邊緣，裝衛浴用品的小容器底下，有個東西在發亮。

「……？」

於是她瞇起了眼。

像是金色。如果是銀色，說不定就漏掉了。金色的東西，總是容易勾動資本主義社會居民的心。蜜柑用一隻手撥開容器裡的東西。

是金色的下足牌。

（12／41）

下足牌是公共澡堂鞋櫃的木製鑰匙卡。不是因為底下有刻痕，看起來像腳掌而叫做下足牌。下足是指進澡堂鋪木地板前脫下的鞋子，下足牌即相當於置物證。蜜柑回想起了這段不知從哪學來的知識。

這金色的下足牌上刻有大大的「17」，蜜柑試著拿起它，出奇地重。感覺少說有一公斤，總之重到不可能是貼金箔的木製品。雖然不敢說是純金，但肯定整塊都是金屬。

蜜柑帶走了下足牌。

淋浴間外水汽朦朧，為了不在澡堂裡滑倒，蜜柑小心地走。她篤定這塊牌是遊戲的重要物品，黃金外觀與沉重的手感，都在暗示它的寶貴。再加上那不是金條，而是故意做成下足牌造型，有經驗的玩家都會對遊戲流程有同樣的推測。

將這塊牌帶到出口，將是遊戲重點。

換言之，這是場較為特殊的逃脫型遊戲。不僅僅是離開這座澡堂，玩家還要找出場地裡的下足牌——多半是藏得很巧妙——取出鞋櫃裡的鞋子才能逃出去。路上有這濃濃的水汽和藏於其中的陷阱在阻撓。

步步警戒著陷阱的蜜柑，嘴角卻愈翹愈高。因為她覺得自己運氣很好。自己的淋浴間裡就有一塊牌，還能順利發現，而且能在應是最後一次遊戲時遇到逃脫型也是走運。存活率比對戰型高多了。

好運連連來，她還很快就發現了出口。

即使水汽這麼濃，她也立刻看了出來。喔不，該說是因為特別濃才看出來的吧。有個角落的水汽比其他地方濃，表示那裡溫度低，能使水蒸氣凝結成水汽，也就是有門。

於是蜜柑走進能見度不足一寸的水汽裡。

戒心愈來愈強，踩著磁磚的腳步愈來愈慢。

若只說幸運的部分，那就是她很快就不必再繼續戒備了。

蜜柑的雙腳忽然失去踩踏磁磚的觸感。身體懸空，向後倒下，背部狠狠摔在地上。知道自己捱了足掃已經太晚。噠噠噠、噠噠噠、噠噠噠不曉得多少人份的赤腳腳步聲包圍了她。

應與腳步聲一樣多的手，從水汽中伸過來，按住蜜柑全身上下。將她招牌的橘色頭髮連頭皮一起拉起來，粗暴地掐住她碰一下就很癢的脖子，以抓住骨頭的方式扣住雙肩，還有好幾人份的體重壓在身上。浴巾蓋住已經看不見什麼東西的視野，拚命掙扎的雙腿不到三秒就無法動彈，瘋狂叫喊的嘴也被塞住，再也開合不了。

當然，拿下足牌的雙手也不例外。

有一人份的腳步聲。蜜柑知道那是把她的牌拿到別的地方去的聲音。

可是，蜜柑早就不在乎什麼牌了，現在她整個腦子都被恐懼占據。有好多動靜，好多女孩子壓著她。纖細手指掐進肉裡，她們的頭髮惱人地搔弄著蜜柑的皮膚，壓在身上的體重，被水汽浸潤的皮膚觸感，體溫、呼吸、她們的凶性，全都流進蜜柑的腦袋裡，攪得她頭昏眼花。我接下來會怎麼樣？搶走牌子以後要做什麼，沒用了的我會怎麼樣？

答案很快就揭曉了。身上幾人份的重量忽然消失，蜜柑被拖過磁磚地。她不認為那些人會把她帶出去。

頭部與肩膀被按進浴池裡時，蜜柑已明白自己的命運。

當時她剛好在吸氣，立刻就溺水了。精神已經投降，本能卻使她抵抗下去。但是，那本能甚至比十幾個女孩子壓制她時的理性總量還弱小。在發自鼻腔深處的無前痛楚中，蜜柑腦海裡組織出一個畫面。

那是她弟弟佇立在病房裡的臉。

只要這次能活著回去就有救的臉。

那是她最後的抵抗。蜜柑全身失去力氣，什麼也不曉得了。

（13／41）

遊戲開始。

幽鬼在被人搖晃的感覺中醒來。

（14／41）

全身一陣刺痛，眼睛不由得睜開。「好痛……」幽鬼呻吟著爬起來。

人在狹小的房間裡。

小到無法平躺，她是以蜷著身體，兩個腳丫抵著牆壁的姿勢勉強擠進這空間之內。且大概是以這樣的姿勢昏睡了很長一段時間，全身筋骨啪啪作響，回報睡眠姿勢不良。

遊戲似乎是開始了。幽鬼以手扶腦袋，遊戲開始前的記憶有點混亂。對，這次——是幽鬼的分水嶺，第三十次遊戲。最近狀況不太好，一直在猶豫該不該跳過這次遊戲，最後一時衝動就答應了，然後吞下專員給的安眠藥——

「——對喔。」

幽鬼看了看肚子。現在她沒穿衣服，整個腹部裸露出來。肚子沒有開過刀的痕跡，會是專員沒發現她意外吞下的定位器嗎？東西還在肚子裡嗎？

定位器正從肚子將她的位置傳給外界嗎？

——糟糕了。幽鬼不禁想。只能說還好沒說出來了。吞下定位器參加遊戲，接受金子先生的請求，幫助他毀滅遊戲。我到底在搞什麼啊——竟然吞錯膠囊，是白痴還是怎樣。比起自己赤裸裸的樣子暴露在「觀眾」眼前，這更讓幽鬼覺得丟臉。

幽鬼往包圍她的白牆看一眼。外面是什麼狀況？已經結束了嗎？這場遊戲結束了嗎？還是還沒？話說回來，金子先生他們「受害者自救會」打算怎麼推動計畫？找出遊戲場地以後，再來要做什麼？他說「後面的事我們會處理」，是指這次就要終結遊戲嗎？還是說這次只是「勘查」？當時完全沒有答應的意思，那方面的事一句也沒問。我究竟該以什麼心態行動才好——

幽鬼用力打自己一巴掌。

好痛。飄忽的魂回到身體裡來了。幽鬼要自己冷靜，別去想定位器的事。金子先生不是說「吞下去就好」嗎。不管吞不吞，幽鬼要做的事都一樣，那就是活下去，生存下來。就算這次會是最後一場遊戲，不會有機會達成九十九次破關，也不能死在這裡。她還沒喪失好好活下去的意志。

幽鬼再次拍打臉頰。

為了讓腦袋進入狀況——實際上不怎麼成功，但至少想專注於遊戲的心情發揮了效果。

她開始檢視自身狀況。自己是在——像是淋浴間的空間裡醒來，開門往外看，見到的是大澡堂。水汽比過去見過的任何澡堂都還要濃，多半是故意的。用來遮蔽視線。

接著往自己看。衣服脫光了，赤身裸體。大概是因為場地在澡堂吧，這次遊戲沒有服裝。幽鬼咒罵主辦方故意賣肉，拿起掛在牆上的浴巾裹住身體，總算是遮住該遮的部位了。

正想離開淋浴間時，她注意到眼角處有個東西在發亮。在排水口底下。濾網裡有塊金色的下足牌。印了個大大的「9」字。

（15／41）

幽鬼離開了淋浴間。

然後觀察自己原來的位置。大小類似電話亭或臨時廁所，只有最底限的空間。或許該說是淋浴設備比較恰當。仔細一看，牆上像是有刮痕，再看下去，附近地面的相關位置也有同樣痕跡——暗示淋浴間是從地下推上來的。幽鬼清醒時感到的搖晃並不是錯覺，是推出地面時的衝擊將她震醒的。

幽鬼雙手捧著在淋浴間發現的下足牌，那像是遊戲的重點物品。應該是要拿到鞋櫃那去，穿上裡頭的衣物離開澡堂吧。也就是說，這是逃脫型遊戲。但只憑這些還不足以了解遊戲的全貌。

幽鬼小心地走，淋浴間外就是澡堂。若將看得見的東西列出來，那就是霧都倫敦都會甘拜下風的濃濃水汽。濃到能感到水滴觸碰身體，大幅限制了幽鬼的視野。

地面鋪滿了磁磚。因為水汽的關係，地板很濕，不小心一點恐怕會滑倒。地面窄到可以用「走道」來描述，走道兩側的整排浴池占去了地面空間。幽鬼試著撈了點水，發現只是普通熱水。有草藥池也有按摩池，甚至有電療池。先前昏睡到全身筋骨都在啪啪響，使得幽鬼很想趁受傷之前泡上一泡，但還是作罷了。

另外，幽鬼先前待的那種淋浴間其實到處都是，而且門全是開著，表示幽鬼出來得比其他玩家都晚。

而她也很快就遇到了「其他玩家」。

有水聲從幽鬼前方傳來。

仔細一看，水汽後的浴池裡有人影。距離頗遠，看不太清楚，大概有三個人。聲音不是在淋水，而是在水裡動來動去。

幽鬼走近浴池，人影逐漸清晰。對方也像是注意到她接近，聲音停了。

她仍繼續前進。

「來者何人？」

有這樣的聲音傳來。大概有所警戒，聲音放得很低。音量並不大，但或許是四周充滿水汽，聽得特別清楚。

「呃，那個，我剛剛才——」

幽鬼想說自己才剛醒來。

卻說不出口。

因為嘴才張開，就有一個人影猛然一動，然後是物體劃過空氣的聲音。

（16／41）

她立刻趴下。

並感到頭頂上有風掠過。

隨後有東西乒乒乓乓地掉在磁磚地上。幽鬼轉頭查看，可是在水汽的遮掩下什麼也看不見。要過去看對方丟了什麼也可以，但她決定丟的人比較重要。

於是幽鬼轉向前方，見到三個人影都嘩啦啦地離開了浴池，她小心跟上。

且因為注意著腳邊，讓她能夠先一步發現有第四人蹲在浴池邊。

第四人動手了，目標是幽鬼的腳。幽鬼在水汽中隱約見到對方手上有拿東西，便反射性地使雙腳離開地面——也就是向前仆倒，並在空中將妨礙戰鬥的下足牌扔進浴池裡。撲通一聲的同時，幽鬼雙手著地，滑過磁磚地之餘往回看。

只見第四人已經逼到她面前。

幽鬼迅速抓住往她的臉揮來的右手，成功抵擋了一次攻擊，卻因為姿勢不穩而被對方壓倒。對方左手按在幽鬼肩上，膝蓋壓在腹部。

雙方臉近到在深濃水汽裡也看得清。

幽鬼錯愕得瞪大雙眼。

心想：「怎麼會有男生？」

但她隨即刪去了這個問題。對方雖然長得像個男孩子，可是脖子以下——甚至不必剝開裹在身上的浴巾檢查——顯然是屬於女性。長得非常像男生，卻是女孩子。幽鬼鬆了口氣。看來沒有開放十二歲以下男生進場。

幽鬼往女孩右手看。現在，被幽鬼抓著舉高的那隻手上握著凶器——鏡子碎片。這讓幽鬼想起淋浴間裡的鏡子。八成就是砸碎了，拿碎片當刀用。幽鬼還一併看見碎片與右手之間的布，也就是割開浴巾纏在鏡子碎片上當把手。而就在幽鬼為此讚嘆時——

少女放開了右手。

以鏡子碎片製成的刀，必然會隨重力落下。

要躲開並不難。即使對方騎在她身上，她還是能移動脖子。問題是逼近眼前的物體，使她不由自主閉上了眼睛。在企圖殺害幽鬼的人物離得這麼近的情況下，那比讓刀子刺中臉還要糟糕。

右頰到顴骨的位置迸出疼痛。

被她揍了一拳。

睜眼時，第二拳又揍了過來。視線搖晃，停止時看見她收回了左手。是用左手揍的。

幽鬼舉起右手試圖防禦，卻在這時赫然發現對方壓制的位置占了地利，浴槽的邊緣擋在中間。右肩受到邊緣壓迫，無法自由動作，所以得先拉出點距離才行。即使揮了第四、第五拳，她也仍拚命挪動雙腿，將自己連同對方往左移了幾公分。

然後用右手往對方的臉打出反擊拳。

對方太專注於揍人，沒注意到幽鬼調整出可以反擊的狀態了吧，那一拳有效震懾了她。幽鬼趁隙抓住她的肩往下拉，自己靠背肌挺身以頭槌追擊。生物反應使得她自然而然向後退，重心也往後偏了。

幽鬼立刻往她的胸口用力一推。

對方因此跌下了幽鬼，背部砸在磁磚地上，隨後反遭幽鬼壓制。過程中幽鬼順手摸來了對方放開的鏡刀，抵在她脖子上，力道控制在再施加一克體重就能劃開她的肉。

對方停止了抵抗。

不是死了，是認輸。

「來者何人？」

幽鬼問道。下意識就用同樣的問題反問了。

「為什麼其他三個先走了？丟下妳做什麼？」

見男孩長相的女孩不回話，幽鬼又說：

「告訴我嘛。剛才話還沒說完，我才剛醒來而已，根本不曉得現在是什麼狀況，能請妳告訴我嗎？」

「……啊？」

這段話讓少女有了反應。「妳不是門口那群人？」

「門口？」

「妳是剛進來的？都這麼久了？」女孩很是傻眼。

「不好意思，我睡得比較死。每次都是晚一步參戰。」

「…………」

她沉默了好一段時間才說：

「抱歉誤會。」

（17／41）

見到男孩長相的女孩臉上失去戰意，幽鬼也放下了刀，並拾回扔進浴池的下足牌。女孩說：「跟俺來。」幽鬼便跟上。

男孩長相的女孩說她叫「吾妻」。

「這是俺第七次參加，請多關照。」

才剛廝殺過的對手說「請多關照」的事，在這遊戲裡時而有之。幽鬼對此不抱疑問，也回答：「請多關照。」

接下來是自我介紹。「我——」

「妳是幽鬼吧。」

「咦？我們有見過嗎？」

「沒有，第一次見，俺只是聽說過而已。人家說妳是看起來像幽靈的資深玩家，果然名不虛傳。」

說完，吾妻摸摸脖子。先前的搏鬥在那裡留下了傷痕。

被未曾謀面的玩家叫出名字——幽鬼第一次有此體驗。說不定是因為隨著遊戲次數接近三十，她也一步步踏進了大明星的行列。

「幸好妳不是敵人。」

「妳猜對了，我是幽鬼。」她說：「這次是我第三十次遊戲，事關重大，所以要特別努力一點才行。請多關照。」

「三十次……原來如此，人生大事啊。」

照吾妻這樣說，她也知道「三十之牆」的樣子。

「話說，我們現在要去哪裡？」

幽鬼對前頭的吾妻問：

「該不會是用『這個』的地方吧？」幽鬼亮出下足牌。

「不是，位置正好相反。」

「……？」

「到了。」

幽鬼跟隨吾妻進入水汽特別濃的角落。兩人相距應該不到一公尺，能見度卻差到似乎一不小心就會跟丟。

「來者何人？」某處傳來問話聲。「在下並非可疑人物。」吾妻回答。之後雙方來回了幾句怪異的問答，幽鬼才想到那是口令。若是無法正確回答，當即視為敵人處置。

「進去。」吾妻和幽鬼在對方放行後繼續前進。漸漸地水汽淡去、氣溫降低，還有柔和的光照射下來。接著映入幽鬼眼簾的是——

「……露天浴池？」

「這裡是俺們的基地。」吾妻說道。

居然有露天浴池。以岩石圍成的大浴池一直往深處延續，水深比幽鬼的膝蓋略高。浴池周圍種了一圈樹，樹後面是高高的竹籬。到那裡都是遊戲場地吧。

吾妻和幽鬼繼續前進，在浴池裡行走了一段路，最後來到吾妻的隊友所聚集的最深處。「回來啦。」「辛苦啦。」一見到吾妻，她們就紛紛這麼說，也有人往幽鬼看。「妳好。」幽鬼跟著打招呼。

鞠躬致意之餘，幽鬼也不忘觀察她們。全部共有九人，看來同伴不只是先前那三個。算上水汽中的守衛，以及先前那三個進室內池巡邏的若不在這裡，全隊或許有十五人。她們大半和幽鬼一樣沒穿衣服，只裹著浴巾遮擋——

「咦？那個，吾妻啊？」

「什麼事？」

「為什麼有幾個有浴袍可以穿？」

「喔……戰利品啦，從敵方身上搶來的。更衣室那裡有好幾件的樣子。」

「還有更衣室啊？」

「俺們還沒找到位置就是了。」

吾妻當場坐下，讓池水浸過肩膀。「妳也來泡一下吧。」」幽鬼照辦了。

「首先……俺再說一次，真的很不好意思。」

吾妻低頭道歉：「俺沒想到有可能是剛醒的玩家。回頭想想，她們根本就不會單獨行動。對不起，一時衝動就把妳當敵人看了。」

「不要道歉比較好。」幽鬼承受不起似的向前開掌。「既然都沒受傷，就別放在心上了。」

吾妻點點頭。

「那個，我問一下，現在離遊戲開始多久了？」

「這裡沒有時鐘，沒辦法知道正確時間，可是有幾個小時了吧。妳應該是最後一個。」

這床賴得可嚴重了。幽鬼心想。雖然遲到是常有的事，然而晚到幾個小時還是第一次，惹來誤會也無可厚非。

幽鬼繼續想，為什麼這次睡得特別久？是因為碰巧睡得比較沉，還是主辦方刻意調整過——幽鬼不禁摸摸肚子。

「在俺開始解釋遊戲規則之前……有件事，需要妳答應。」

「什麼事？」

「能把妳的牌子交給俺們這邊保管嗎？」

幽鬼聞言往旁邊看，她的純金下足牌就放在石頭上，她斷定那是這場遊戲的重點物品。

「也就是請妳加入俺們這一邊。聽俺說過現狀之後，妳應該也猜到了，這場遊戲幾乎是不可能獨力過關的。除了俺們這邊之外，外面還有一支隊伍，而那邊可是不招人的。所以對妳來說，這應該是最有利的選擇。可以嗎？」

「好哇。」

幽鬼爽快答應，因為她認為先問出遊戲規則比什麼都重要。

「謝謝。」吾妻接下幽鬼交出的下足牌，交給另一名同伴，對方隨即消失在圍繞露天浴池的樹林裡，是去藏牌了吧。

「遊戲場地，大致分成三個區域。」吾妻開始說明。

（18／41）

第一，即是她們所在的這座露天浴池區，吾妻等人將這個由樹林圍繞的大浴池作為基地。有不少地方可供躲藏，出入口又瀰漫著濃濃水汽，易守難攻。

第二，是所有玩家的起點，室內池區。有各種浴池縱橫排列，比一般澡堂大上數倍。再加上配置方式，很可能是特別為這場遊戲所打造。有幾面下足牌是藏在浴池裡，先前吾妻幾個在池裡就是在找牌。

第三，是浴場之外，更衣室到門口的區域。與下足牌對應的鞋櫃應該就在那裡，可是吾妻等人沒有實際見過，只是從所謂「門口那群人」口中問出來的。那裡和露天浴池區一樣，出口位置的水汽特別濃，是絕佳的埋伏地點。

露天浴池區與室內池區之間，和室內池區與更衣室之間，各只有一個出入口。至少吾妻等人的調查範圍內，沒有其他小路暗道。

「重點是，這是逃脫型遊戲。」

吾妻繼續說明：

「妳也已經注意到了吧，那塊牌子是關鍵。要帶它離開澡堂，到門口那去穿鞋櫃裡的鞋子離開這棟建築，才算過關。」

幽鬼嗯嗯點頭。

「跟一般逃脫型遊戲不一樣的是，這裡沒有陷阱。俺們還沒有徹底搜過一遍，不敢說絕對沒有，但至少俺們一次都沒遇過。不過這場遊戲裡，有一個比陷阱更噁心的設計……妳的房間有藏牌嗎？」

說謊也沒意義，幽鬼老實答：「嗯。」

「俺房間沒有。問過其他人以後，的確是有的有有的沒有，牌數不夠分給所有玩家。也就是——」

「能逃脫的人一開始就有限。」幽鬼替她說下去。

大概是因為遊戲難度容易調整吧，過關人數有限的遊戲占大多數。就幽鬼的經驗來看，這類遊戲的存活率約設定在七成左右，也就是說可以預測下足牌的數量約為玩家人數的七成。

「既然名額有限，玩家勢必會互相搶牌，所以同時也是對戰型遊戲。」

「幽鬼，如果妳醒得更早，然後淋浴間裡沒有牌，妳會怎麼做？」

「我嘛，會先去找出口吧。」

「到了門口，發現需要下足牌以後，又會怎麼做？妳會回澡堂找牌嗎？」

「不會。」幽鬼果斷回答：「我會等有牌的玩家自己到門口來。」

像這種有關鍵道具的遊戲，大致上有兩種攻略法——不是乖乖去找，就是從別人身上搶。對自身實力有信心的人，選後者會輕鬆得多。

「是吧，俺也會那麼做。所以遊戲開始以後，門口附近聚了一大堆玩家，每當有肥羊傻傻靠過去，所有人就會衝上去搶一塊牌。幽鬼，面對這種狀況，妳會怎麼處理。」

「我會組成團體。」又是立刻回答。「每次都所有人去搶一塊牌，實在很沒效率。最好是找幾個人合作，搶夠牌以後再一起走吧。」

「沒錯，所以門口那群玩家勾結起來了。需要湊到每人一塊牌才能回去，門口的人和牌愈來愈多。這時候，人多的一方比較強這種理所當然的事實，就顯得很重要了。於是隊伍反覆吸收合併，總人數逐漸膨脹。」

吾妻像小孩常在泡澡時玩的那樣，用浴巾在水面上包起一團空氣。大概是在表現「膨脹」吧。

「可是，人數不能一直擴增，畢竟本來就是因為牌不夠才需要搶。到了再多就可能過剩的人數，門口那群人就不收人了。」

「……到底有幾個？」

「俺們是推估三十個。人數超過了總玩家的一半，是現在最大的黨派。」

幽鬼試著計算。如果需要三十塊牌，那麼玩家總數為將近五十。雖然規模比不上「CANDLE WOODS」，但也很大了。

吾妻大概是腳麻了吧，在浴池裡換了坐姿。

「至今的變化大概就是這樣了。俺也沒有實際見到過程，所以細節可能有點誤差……但應該八九不離十才對。總之可以肯定的有兩件事，目前有一大批玩家守在門邊，然後俺們失去了到那裡勘查的機會。」

吾妻往隊友們看。

「也就是說，俺們是『落後組』，和妳是同一陣線。就算有牌，也只會被門口那群人搶走而已，只好躲在這裡。能做的，就只有一個一個搜索浴池，盡可能多弄點牌過來。」

吾妻和幽鬼對上眼睛，問道：「俺說完了，有什麼問題嗎？」

「這個嘛……」幽鬼想了想。「剛剛說推估三十個的根據是什麼？牌號嗎？」

下足牌上有編號，幽鬼的是「9」。不難想像數字有多大，牌就有幾個。

「這是一部分，還有淋浴間的數量。總共五十個，以存活率七成來算就是三十五。扣掉可能已經有人用掉牌出去了，所以扣一點算三十。」

原來是這麼回事。那些電話亭大小的淋浴間是用來容納玩家，所以間數等於玩家數量。

「我們這邊總共有幾個人？」幽鬼又問。

「包含俺和妳，總共十二個。除了門口那群人和俺們以外，沒其他隊伍了。現在應該是不會再有中立玩家或還在淋浴間裡睡的了。」

「那我們現在有幾塊牌？」

「加妳那塊，總共十塊。一開始就在淋浴間裡的有八塊，兩塊是從浴池裡找來的。」

還真多。幽鬼心想，以還剩三十塊牌來算，這樣已經不少了。只要牌還在這裡，門口隊基本上不可能全部一起走。

這麼一來，她們的下一步會是——

「門口隊對我們這隊是怎麼想？不來搶這邊的牌嗎？」

「目前還沒有那種動作，都還很和平地在浴池裡找。找到的時候，是有發生過幾次爭搶，但那只是小型衝突。對面應該不知道俺們有十塊牌，所以會覺得用找的就夠了吧。可是……」

吾妻的語調產生變化。

「找也不會找多久了，她們遲早會失去耐性，攻進俺們這裡來。所以呢，俺們像這樣做了很多準備……」

吾妻邊說邊拿起的，即是先前對幽鬼造成不小威脅的鏡刀。幽鬼也拿過一次，知道那不僅僅是用布包起的玻璃碎片，具有足以割開人肉的銳度。

「那做得真的不錯。除了不太耐用之外，其他應該都沒問題。」

「能聽專家這麼說，俺也很榮幸。可是……說真的，情況怎麼樣？就妳來看，俺們有機會活下去嗎？」

幽鬼看了看吾妻。

再看看吾妻的隊友——也就是幽鬼的隊友——視線掃視一圈回來。

「不要緊。」

幽鬼回答：

「人數是劣勢沒錯，但我們也有幾個優勢。除了鏡刀以外，對方有轉守為攻的必要，而且……其他人我還不曉得，不過妳好像很能打的樣子，應該有點機會。」

這不是場面話。對方有三十人，這邊十二人。這種程度的劣勢，過去也有過許多次。況且這不是對戰型遊戲，是逃脫型。可以設法擺脫敵方隊伍逃出去，沒有正面衝突的必要。就幽鬼來看，這點程度還算不上危機。

然而，雖然話說得很好聽，幽鬼自己心裡其實惶惶不安。不安因素之一，是她狀況並不好，有種齒輪沒卡上的感覺。放不下「三十之牆」，使她左支右絀。從她犯下吞錯膠囊這樣的大錯，以及被吾妻揍得仍在脹痛的右頰，就能窺見她狀況有多差。「三十之牆」——幽鬼的師父白士稱之為「魔咒」。而現在，幽鬼正體驗著值得讓師父如此稱呼的感覺。

不安因素之二，是門口隊的首領。隊伍人數高達三十人，再加上遊戲中並無硬性規定——也就是這場「合作關係」中隨時可能有人倒戈，應該非常不易管理。所以幽鬼認為，這個首領肯定不是新手，至少有二、三十次的豐富遊戲經驗，能力不在她之下。而且幽鬼也很可能見過。

敵方總帥——究竟會是誰呢？

（19／41）

鞋櫃之前。

御城就坐在按摩椅上。

（20／41）

按摩椅沒在運作，也沒有通電。這可是賭命的遊戲，她不會做那麼不長眼的事。至於御城為何坐那裡，一是因為那裡正好能監視鞋櫃，二是向其他玩家宣示自己的地位。

御城往旁一瞄。

木板地在經過一段落差後成了磁磚地，那裡即是這浴場的「門口」。從這個位置，無法看見在那之後的出口，只記得距離約十公尺。這也表示，御城距離完成遊戲的物理距離不過十公尺而已。

而御城之所以沒有離開的答案，就寫在瀰漫四周的焦肉味上。

門口有五個玩家的屍體，死因全是觸電。那塊磁磚地似乎布置了高壓電陷阱。五名死者中，有三個是御城來到時就已經陣亡，第四個是後來在玩家間的爭鬥中跌落而亡，第五個是有人主張不要雙腳同時觸地就不會觸電，然後就死了。也有玩家破壞木板地製作「木屐」嘗試逃脫，可是見到設於出口兩挺機槍——多半是用來防止作弊——轉了過來，也不得不夾著尾巴退回來。至此在場所有人都明白，如果不照規則來——不穿遊戲提供的鞋子，恐怕是走不了了。

御城往前方望去。

那是鞋櫃的位置。就是公共澡堂那種小格鞋櫃。每格左下都有供下足牌插入的孔，且大半都找到另一半了。御城已經確認過，每格鞋櫃裡都有鞋子，穿上它就不會觸電。

因此只要她想，她現在就可以完成遊戲。

沒那麼做，是因為她的命並不屬於她一個人而已。

她現在是大型團隊的領袖，而且是人數過半的最大派系。替麾下所有人蒐集到下足牌之前，她不能離開這裡。這合作關係並沒有受到遊戲嚴格限制，背叛眾人期望獨自離開也不會受罰。但考慮到今後還有機會在遊戲裡遇見同隊玩家，背叛並不是明智之舉。再說，就算不計較這種得失，御城也不會耍這種無聊手段。

鞋櫃後頭傳來腳步聲，有個少女從隔開門口與更衣室的門簾另一邊跳出來。

「我成功了！」她邊說邊跑，奔向御城身邊。

「我把另一隊都宰光光了！這樣就多五塊了！」

少女將手裡的東西展示給御城看。如她所說，共有五塊閃亮亮的下足牌。

這女孩叫做狸狐，身材嬌小，有小動物的感覺，和御城是師徒關係。在御城第三十次遊戲認識她之後，狸狐便對她非常親暱。

「辛苦了。」御城回答。

狸狐將五塊下足牌都插入對應鞋櫃，清空雙手後回到御城身邊。

「好了，請給我『平常那個』！」

說完，狸狐閉上眼睛。

表情充滿期待。

「…………」

御城臉色複雜。

接著往自己左手看一眼，用它摸起狸狐的頭。

狸狐的表情頓時融化。

「妳怎麼都不會膩啊……」

御城邊動手邊說。

這是「獎勵」。成為師徒關係一段時日以後，狸狐開始提出這種要求。御城完全不懂被人摸頭有什麼好高興的，可是那張軟呼呼的臉似乎能帶給她一點快感。

狸狐用手指比喉嚨，表示「這裡也要」。

「…………」

御城往自己右手看了看。

然後用它搔弄狸狐的咽喉。

狸狐的表情鬆到簡直不能給「觀眾」看。

「我弄回右手不是為了這種事耶……」

左手摸頭，右手搔喉嚨之餘，御城嘆道。

這已經成為日常一景了。御城和狸狐不僅會在遊戲中相見，在私底下也經常碰面。光是集合沒遲到這種蒜皮小事，狸狐都會拿來討摸，御城都不曉得這是第幾次

了。而且最近狸狐變得有點貪心，還會像這樣點菜了。現在她這樣就能滿足，可是日子久了，說不定要裝上第三隻手才夠用。這徒弟有才幹又勤勞，如果沒這種癖好就沒得挑剔了。

御城一直摸到手痠了才停。「到此為止。」然後輕拍狸狐的雙頰。

「好～謝謝御城小姐。」

「遊戲還沒結束呢，給我專心一點。」

「……是！」狸狐也拍拍臉頰。「再來，直接去攻打另一隊就行了嗎？」

「不用，再等一下。風向有點變了。」

「？出了什麼事？」

「我們派出的斥侯沒有回來。不是被抓──就是被殺了吧。對面原本都只是應付應付，到現在總算是拿出點攻擊性了。」

「是決定要跟我們拚了嗎？」

「又或者是得到了新的戰力。例如有個玩家才剛醒來，加入了她們那邊，造成了一些影響。」

「……都這麼久了？」

在這場遊戲裡，每個玩家的開始時間各自不同。除非淋浴間升上地面，不然無法離開，也不能開始遊戲。

在先搶先贏的這場遊戲裡，起床時間有差別似乎不太公平，大概是覺得比較有趣才這麼設定的吧。實際上，這場遊戲也的確往從規則所無法想像的方向發展了。

「如果是抓回去……『那應該被發現了吧』。」狸狐看著更衣室說。

「反正我們又沒有騙誰，沒問題的啦……總之，先趁現在好好休息吧。這裡正好是澡堂，不如就去泡個澡吧？順便找找看有沒有漏掉的牌。」

「知道了！」

狸狐用力敬了個彷彿要把額頭砸破的禮說：

「那我這就告退了！」

和來時一樣，狸狐噠噠踏著木板離去。擺脫人群那種解放感和寧靜又回到御城身邊。

御城將全身重量靠在椅背上，喃喃地說：「她怎麼都這麼活蹦亂跳啊……」

怎麼說呢，就像靠吸取他人精氣維生一樣。光是跟她講兩、三分鐘話，就覺得好累好累。隨著遊戲場次增加，御城對自己掌控他人的技術也愈來愈有自信，但就

是拿狸狐沒輸，反而被她搞得團團轉。

不過她的存在，對御城而言仍是件愉快的事。儘管她確實難以掌控，可是被人那麼率真地愛慕著，其實讓御城很高興。對於只能以高壓手段服人，人際關係極為淺薄的御城來說，那本該是絕對不會發生的事。這讓她覺得，自己在玩家等級方面真的提升了很多，「三十之牆」沒有白跨了。

「……可是話說回來。」

御城望著天花板低語。

心裡想的是新玩家。遊戲都開始了好幾個小時，都已經快進入終局了才終於醒來的玩家。假如真的有這樣一個人，而且提升了露天浴池隊的攻擊性，那麼這個人肯定不是省油的燈。

到底會是什麼樣的玩家呢？

（21／41）

為了決戰，幽鬼幾個盡可能做了準備。

首先是確認敵我戰力差距。含幽鬼與吾妻在內，全隊總共十二人。除了幽鬼以外，全都是十次以下的新手。其中戰力最值得期待的是吾妻，其他的都只有正常青少女的身手。幽鬼將她們的長相和名字全都牢牢刻進腦子裡，以免在戰鬥中誤認。

至於人類以外的戰力，有先前害幽鬼吃了苦頭的鏡刀數十把，以及利用露天浴池周圍樹林的自然物設置的各種陷阱。似乎是為了保護她們拿去樹林裡藏的下足牌而特地造的。在幽鬼看來，陷阱都做得不錯，給這支隊伍防禦優於攻擊的評價。

接下來是調查周邊地形。包含露天浴池的樹林、出入口附近水汽濃的區域及其外側。調查當中，她們遭遇了疑似偵查隊的門口隊女孩。在只有鏡刀的狀況下，殺人很費力，所以都只是擊暈後丟進淋浴間。她們不僅會昏迷幾個小時，門外也找了東西抵住，腳也只剩一隻能動，實際上可以視為淘汰了。儘管只打倒了幾個，成功削減敵方人數的事實，仍使露天浴池隊士氣大振。

退回基地後，她們開起作戰會議。由於她們在這占有地利，而且防禦也優於攻擊，全體一致決定邊打邊退。由擅長搏鬥的吾妻和幽鬼在前，其餘十名在後，利用水汽打游擊戰或從遠處丟鏡刀，以各種騷擾逼退戰線，削減敵方人數。

會後幽鬼幾個各就各位，靜待時機到來。

（22／41）

露天浴池的出入口附近──室內外交接而氣溫較低的角落，水蒸氣容易凝結成水滴，水汽較濃。幽鬼開始上夜校以後長了不少知識，能夠了解其中原理。不過她也不是自己發現，是聽吾妻解釋後才終於明白的。

總之，她們就是藏身在水汽裡，能見度不到一寸的糟糕視野中。要趁門口隊通過時，以少數精英打游擊戰。

「贏得了嗎？」

吾妻問。她就在幽鬼身旁，但水汽實在太濃，看不見表情。

「大概吧。」幽鬼回答。

這裡所說的贏，是指己方大半存活，完成遊戲的情況，不是殲滅門口隊的意思。這種事當然是絕對不會發生。畢竟敵隊削減到一定數量後，必然會要求停戰。

這遊戲的最大問題，是能夠逃脫的名額比玩家人數少。換言之，「只要玩家人數降到逃脫名額以下」，剩下的就確定能夠逃脫。如此一來，互相廝殺到將敵方陣營全數殲滅非常不合理，減少到足夠的程度就喊停才是明智之舉。

露天浴池隊十二人，門口隊推估三十人。剩餘牌數也是推估三十塊，再死十二個就夠了。實際上應該要多留點誤差空間，等到十五至二十人陣亡比較保險，但無論如何，雙方應該會早在「分出勝負」之前進入談和階段。或許雙方都會有人對同伴的死懷恨在心，但應該沒人會傻到放棄確定到手的過關門票。屆時應該能順利停戰，和平分牌才對。

也就是說，接下來的不是殲滅戰，也不是下足牌防衛戰。

是決定由誰負擔這十二個死亡名額的戰鬥。

幽鬼這邊露天浴池隊選擇被動戰法的原因就在這裡。她們的勝利並不是將對手全數消滅，只是削減到所需數量。

「…………」

幽鬼和吾妻在水汽中靜靜地等。

等了很久，門口隊就是不來。會是因為偵察隊團滅而變得慎重了嗎，總之幽鬼多得是時間。與身旁吾妻獨處的時間就此繼續下去。

與其他玩家拉近距離後，幽鬼都會問她們，為什麼要進入這個不把人命當一回

事的行業。幽鬼正開口時，在發聲之前卻被吾妻搶先了。「欸。」

幽鬼臨時改變嘴形問：「什麼事？」

「妳為什麼會待在這一行裡啊？」

想問的事被對方先問出來，讓幽鬼嚇了一跳。

「呃，我是——」

幽靈女鬼很想直說。

「——……」

「……幽鬼？」

幽鬼摸了摸喉嚨。

她說不出口。和遇到金子先生那時一樣，現在狀況這麼差，實在不敢說破關九十九次這種大話。

「……因為我沒有別的路好走。」

於是她找了其他理由。「我不太能融入外面的世界，就躲到這個遊戲裡面來，醉生夢死這樣。」

「什麼嘛，跟俺一樣。」

「是喔？」

「是啊。這不是很明顯嗎，不然妳覺得用『俺』自稱的女生在外面混得下去嗎？」

這問題好難回答。「我是不會覺得不行啦。」只好打個安全牌。

「比起用名字自稱的人，感覺好多了。」

「哈哈，說得也是……與其說無法融入，俺是比較接近不想融入吧。」

吾妻的聲音多了點情緒。

「俺也不曉得為什麼。穿制服討好別人，把自稱詞改成『我』這些事，並不是做不到，也不會痛苦……可是俺就是做不好。割開別人喉嚨還簡單多了。」

「如果有人說要讓妳脫離這個遊戲，妳會怎麼做？」

「咦？」

「如果有人提議要幫妳求個好工作，讓妳不用再碰這種危險的遊戲……妳會怎麼回答？」

這樣問當然是因為金子先生的事。忍不住就問問看別人怎麼想了。

吾妻是向前揮拳了吧，有掃開水汽的聲音。

「俺會扁他。」她回答：「俺是沒其他路好走了沒錯，可是俺是自願留在這裡的。對俺來說，『幫妳求個工作』這種話，跟『救妳脫離火海』一樣，態度讓人很不爽。」

「就是說啊。」

「妳這樣問，是因為有人這樣問妳嗎？」

「呃，也不是這樣啦……」

含糊的嘴停住了。

幽鬼提高警覺，並說：「來了。」

「俺有注意到。」吾妻回答。

前方有很多人的動靜，朝這裡直線接近。幽鬼以雙手握住腳邊的鏡刀，吾妻大概也是。

「加油喔。」

「好。」

如此往來過後，兩人再也沒發出聲音，專注於即將到來的戰鬥。

幽鬼不會丟出鏡刀。因為水汽這麼濃，命中率微乎其微，還會暴露自己的位置給對方知道。於是她抓緊鏡刀，靜待對方進入砍得中的距離。這樣才是上策。

兩人冷靜地等。漸漸地，不僅是動靜，還能聽見腳步聲了。啪刷啪刷，幽鬼豎耳聆聽那水聲頗重的聲響——

「……？」

——然後覺得不太對勁。

會不會太多了？腳步聲的數量，比幽鬼想像中多很多。不是十幾二十個，恐怕將近三十。吾妻她們推測敵方有三十人，所以幾乎是全來了。

也就是說，現在幾乎沒人在守門口。以足球來比喻，這狀況簡直是守門員以外的選手全部衝門，這麼無腦的戰術連現在的小學生都不會用。要是讓幽鬼她們從身邊溜過去了——水汽這麼濃，的確有這種風險——就有直達門口的可能。防守太薄弱了。

於是幽鬼心想，這會是想製造門口防守薄弱的假象嗎？或許門口守衛雖少，但個個實力強勁，沒那麼容易突破，陣形與將強者擺前面的露天浴池隊正好相反。說不定她們的藍圖是想讓強悍的後衛擋下以為門口防禦薄弱而突襲的幽鬼這方，爭取時間讓三十名前鋒折回來夾擊，一舉殲滅露天浴池隊。

抑或是——

腦中浮現另一個可能的同時，露天浴池的方向傳來腳步聲。

「那個……兩位！」

對方壓低了聲音，用氣音說話。幽鬼轉頭一看，見到水汽裡有另一個身影。是露天浴池隊的同伴。

「怎麼了？」

吾妻也壓低聲音問。

「那邊有點怪怪的。」

「怎樣啦？」

「『竹籬那邊有聲音』，好像在挖牆一樣……」

「……啊……？」

這反應不是來自吾妻，是幽鬼。

那一個字彷彿就讓她吐出了靈魂，整個人傻在原處。臉色比自己的皮膚，甚至比瀰漫於四周的水汽還要白。

變得一片空白的心，慣進了劇烈的衝動。惱怒、後悔與羞赧絞在一起，讓幽鬼好想把自己痛打一頓。上次和上上次遊戲，幽鬼也都有過這種衝動。

為什麼？

為什麼沒發現？為什麼沒檢查？

腳動得比心還快。幽鬼甚至沒注意腳下，一股腦地往露天浴池跑。

「啊……幽鬼！」

背後有呼喚和腳步聲。幽鬼沒有回答追來的吾妻，看也沒看一眼。現在的她沒有那種餘力。

為什麼？

幽鬼再次質問自己。

「遊戲場地，大致分成三個區域」——為什麼把吾妻的話照單全收？她的格鬥能力表現雖然亮眼，但總歸是只玩過七次的菜鳥，為什麼沒想到她可能認知有誤？真的只有三個區域嗎？——不只，為什麼沒有針對規則多問？生存訣竅不就是質疑一切嗎？為什麼我會怠慢這種新手守則第一條的事？我什麼時候變得這麼散漫了？

決戰之前，幽鬼對將要化為戰場的露天浴池內部做過詳細調查。圍繞這區域的竹籬，應該在她眼中出現過無數次，為什麼一次疑問也沒有？遊戲場地明明是公眾

澡堂，為什麼沒想過這種可能？妳的腦袋有洞嗎？難道是竹子做的？

別想拿「三十之牆」當藉口。

莫名其妙，腦殘也不是這樣的。

穿過水汽了。幽鬼跳進露天浴池，橫越池水和樹林，以幾乎要撞上去的速度抵達竹籬。竹籬有幽鬼的三倍高，沒有可供抓搆的突起，但是幽鬼仍以驚人技巧爬了上去。

然後偷看另一邊。

那裡「有另一座露天浴池」。

還有一大堆門口隊玩家。

（23／41）

御城在按摩椅上睜開眼睛。

面前有兩座並排的鞋櫃。都是橫七縱五，能容納三十五雙鞋。所以總共有七十雙鞋。從鞋子總數，以及兩座澡堂中淋浴間的數量，可以推知玩家應有百人。門口隊總數六十五人，露天浴池隊十來個，目前合計八十左右。

御城左側的鞋櫃是用純金下足牌開啟，右側則是銀牌，每塊牌都有獨立號碼。因此，即使玩家共有百名，牌數仍只到「35」。如果都待在露天浴池或室內池區，不容易注意到有兩座澡堂吧。

鞋櫃後面有兩面通往更衣室的門簾。一般澡堂寫通常是「男」與「女」，而這裡由於玩家全為女性，不分男女，是分為左「金」右「銀」。不用說，隱藏的下足牌顏色與其區域對應。

潛伏於「銀澡堂」的隊伍，已在不久前全滅了，下一個目標自然是「金澡堂」的隊伍。但既然「銀澡堂」都空了，御城便提出破壞露天浴池竹籬，從背後偷襲的計畫。只要對方還沒察覺澡堂有兩座，這偷襲將比任何攻擊都更有效。

而這時，「金澡堂」更衣室傳來的雀躍腳步聲告訴了她作戰的成敗。

「御城小姐，我們成功了！」

狸狐用腦袋鑽過門簾蹦了出來。

「計畫非常成功！把露天澡堂那些人的牌都搶來了！」

御城很訝異。「咦……這麼快？」

「對！就是這麼成功！」

御城沒想到過程會如此順利，「銀澡堂」那邊的阻力還大了些。

「我們有多少損害？」

「非常輕微！只有幾個人受傷，一個都沒死！」

「『金澡堂』那邊有幾塊牌？」

「不要嚇到喔——有十塊！」狸狐兩手向前伸。

御城往鞋櫃看。「銀澡堂」的下足牌幾乎全齊了，「金澡堂」的也湊了大半。再加上這十塊，門口隊所有人都能穿上鞋子離開了吧。

她的視線接著移到狸狐向前伸出的手上。狸狐用手指比出十，可是她身上一塊牌也沒有。

「那些牌現在在哪裡？」

「我請大家幫忙拿回來了！我一個人實在搬不動！」

從「銀澡堂」隊伍奪回下足牌時，狸狐是一次抱五塊回來。不過現在數量是兩倍，金的密度又將近銀的兩倍，要她一個搬恐怕是「有點」不容易。

「我先報告到這裡！敬請期待更多好消息！」

狸狐這次沒有討「獎勵」——大概是認為沒那種餘暇吧——她轉身就要走。

「等等。」御城問：「妳現在要去哪裡？」

「呃……我是想回浴池守牌啦。對方應該會想拚命搶回來吧……」

說得也是。這邊已經湊齊必須牌數，一旦鞋子用完，「金澡堂」的隊伍就真的出局了。必須儘快採取行動才行。

御城對狸狐的判斷沒有異議，但她卻說：

「妳留在這裡，替我守住這些鞋子。不要讓任何人偷溜出去。」

「替妳守鞋子？這是指……？」

「我來代替妳去外面防守。」

御城起身離開按摩椅。

「都到最後了，不出去做點事，面子恐怕掛不住。」

在這遊戲裡自然產生的「領導人物」，大致上有兩種。一種是親上前線的「士兵型」，另一種是只會在後方下指令的「將軍型」，御城就是後者的典型。這次是為了避免只會出一張嘴之嫌，才選擇在重點場面上前。

接著御城按著狸狐的肩，要她坐到按摩椅上。「這樣不好吧？」狸狐卻顯得有些排斥。

「哪裡不好？」

「真的沒關係嗎？因為妳不是……」

狸狐很擔心的樣子，是在擔心些什麼呢？御城這麼想之後，才注意到這次也是大關。狸狐是怕會像「三十之牆」一樣，發生什麼不好的事。

「不吉利的只有第三十次而已，這次不會有問題。」御城回答。

見狸狐依然擔心不下，她用摸頭強行鎮撫她，並在耳邊說：

「這裡就交給妳了。像平常一樣——要是我有個萬一，妳可以用『那個』。」

狸狐點了頭。御城拍拍她的肩，離開門口。

（24／41）

幽鬼幾個表現得很好了。

（25／41）

有另一座露天浴池的意義很明顯。如同一般公共澡堂都會分男女，這遊戲當然也有分兩邊。一見到門口隊玩家穿過竹籬前仆後繼地湧進來，幽鬼她們知道自己的計畫泡湯了。

澡堂分兩邊，那麼玩家數量、敵人數量就是兩倍。人數已經有差距了，腹背受敵更是雪上加霜，再加上被攻得措手不及，幽鬼這邊露天浴池隊一片混亂，更遑論互相幫助了。

在這樣的狀況下，她們已經做得很好了。

可是在這種遊戲裡，「做得很好」並不夠。

門口隊搶走藏在樹林裡的下足牌並撤退的整段過程，並沒有花多少時間。噠噠、噠噠噠、噠噠噠，四十幾個人的腳步聲過去後，只留下遭到洗劫而表情茫然的露天浴池隊。

（26／41）

「……妳們……都還在嗎？」

吾妻試著呼叫隊友。大概是受了傷，語調顯得很吃力。

「還在就出個聲吧。」

「我還在。」

幽鬼回答。她呈大字形躺在圍繞浴池的樹林裡。

一個幽靈卻喘得上氣不接下氣。想從門口隊手中搶回下足牌，耗了她不少體力。對方有四十多人，就連幽鬼也很難辦到。

「檜皮還在。」「花梨也還在。」露天浴池到處傳來答覆。「十一個啊。」聲音停止後，吾妻確定了人數。

「杉山到哪去了？」

「在那裡。」某人回答：「……可是……她頭撞到石頭，結果……」

話沒說完。沒人問她接下來要說什麼。

幽鬼心想，十二人中有十一人存活，這數字已經很棒了。剛才那個部隊收到的指令，大概只是「搶走」下足牌而已。畢竟這裡有十二人，「殺人劫牌」的風險頗高。但存活率好歸好，狀況卻是糟到極點。

「俺對不起妳們。」吾妻說：「都怪俺完全沒注意到澡堂有分兩邊……」

「不要道歉比較好。」

幽鬼打斷她的話。因為在她的經驗裡，道歉的玩家死亡率特別高。所以即使幽鬼為自己同樣沒注意到這件事而羞愧，也仍什麼都沒說。

「與其道歉，不如先想想未來。接下來怎麼走？」

沒人回答。

「我想，她們的牌應該夠了。」幽鬼又說：「等剛才那部隊回到門口以後，遊戲就結束了。門口隊全部逃脫，我們被丟在這裡。不能再躺下去了。」

「……話是這樣說沒錯啦。」

「我想至少有三種選擇。第一——什麼也不做，默默等門口隊出去，自己去找她們用剩的牌，或是在浴池裡找看看還有沒有漏掉的牌。光是這樣，我們之中也會有幾個能活著出去。」

「幾個是……」某人問。

沒錯，這等於是原本的隊友將要為最後名額爭個你死我活。如果可以，最好是把這條路留到最後。

「第二，全體出擊，把她們搶走的牌搶回來。」

「呃，這不是……」

「對，才剛失敗過而已，成功率應該很低。所以這也不太行。」

幽鬼靜靜地起身。

然後說道：

「第三就是豁出去，所有人往門口衝。」

露天浴池的氣氛為之緊繃。

「……是要……硬衝嗎？」吾妻問。

「畢竟我們不需要執著於那十塊牌。門口隊存了幾十塊牌，用那些就好了。只要能衝到門口，我們的機會就很大了。現在那邊防禦也比較薄弱，有機會成功。」

「雖說薄弱……那邊應該還有二十個左右吧。」

原先推估的門口隊人數是三十人，知道澡堂分兩邊後乘以二，六十。剛才那部隊大概四十人，所以在門口守候的約為二十人。很簡單的計算。

這樣盲目衝進敵陣，原本是說什麼也得避免的選擇，露天浴池隊也是為了不至於淪落到這一步而做盡各種準備。但現在幽鬼已經想不到其他辦法了。

「我不會強迫。」

幽鬼掃視無法下定決心的女孩們，說道：

「想來的就跟我來。」

她也知道自己聲音變得很冰冷。

（27／41）

有五個人舉手。

含幽鬼一共六人。人愈多，成功率愈高，所以幽鬼也很想說服剩餘五個，但她們拒不參加。如果幽鬼等衝鋒組全滅了，搶牌的人就會變少，更容易拿到門口隊用剩的牌。幽鬼沒有多花時間說服，讓剛才的四十人回到門口，她們的生存率就真的剩下零了。即使人數只有一半，也非得執行不可。

門口隊消失在另一邊澡堂裡，幽鬼幾個便避開她們，走自己這邊的澡堂。雖然水汽瀰漫，地形其實很單純，只要沒人干擾，直直向前跑就能穿過澡堂。

六人一路無話，只是向前跑。

很快就來到水汽深濃的區域了。

「……可惡……！」

幽鬼咒罵道。

感覺很糟。心裡很冷靜，腦子卻轉不起來。能感覺到腦子正在拉警報，思緒卻渾濁不清。身體好重。熬夜過後的早晨，打麻將或撲克牌輸得一塌糊塗時那種難以名狀的不適遍布全身。

腦裡有個揮之不去的疑問。

幽鬼不敢說出來，一直忍到現在。

一行人就這麼直接往濃濃水汽裡衝。感覺四面八方都有人也只管向前衝。幽鬼就像要甩開不適般拚命地衝。

「唔——」

跑在最後的吾妻叫了一聲。

很難不對那聲音起反應。幽鬼回頭一看，身後應有五個的人影少了一個。後方傳來人在磁磚地上激烈掙扎的聲音。是吾妻，她在抵抗門口隊人馬的壓制。

幽鬼對其餘四人喊：

「不要停！給她們時間反應就完了！趁亂跑過去！」

她也覺得這恐怕沒有激勵效果，但剩餘四名同伴似乎是被她嚇到了，又跑了起來。幽鬼當然也在跑。

剛才那一喊，使她的負荷衝破了極限。

她的腦袋正在瘋狂嘶吼。

我會死嗎？我要死在這裡了嗎？

（28／41）

御城俯視著成了屍體的玩家。

那是個長得像男孩的玩家，活力與外表一樣充沛，用上十個人才好不容易把她按進浴池裡。「走吧。」御城向隊員們下指示，追趕向前逃去的其餘五人。

很快就追到了，因為前方的隊友拖慢了她們。御城和剛才一樣，用腳掃倒最後一個女孩，和其他人合力將她按進浴池。解決兩個了。

第三個、第四個，也都是用同樣手法殺害。

在流水線般單方面的殺戮中，御城心想——

——真不像話。

實在太不像話了。還以為她們會多少有點嚼頭，結果只有這點程度。遊戲開始幾小時後，才如主角總是最後登場般加入的玩家——似乎並沒有什麼了不起。粗枝大葉，連浴場有分兩邊都沒想到，最後還這樣硬衝，陷全隊於危險之中。御城想起自己在過去遊戲中丟了大臉，不禁失笑。弱到這種地步，別說御城，連那個女鬼的腳趾頭都搆不上。

真想看看她長得是什麼白痴樣。

漂亮解決第五個以後，御城追上了最後一個。

想照例給她來個足掃，但好歹都第六次了，對方已有所警覺的樣子，對方在御城出腳之前整個人轉了過來。

然後——

（29／41）

然後。

她和她重逢了。

（30／41）

沒有對話。

但是她們明白了，理解了彼此的立場。

幽鬼理解到，這位整整八個月沒見的大小姐——御城，就是門口隊的領袖。即使在過去遊戲中失去右臂，她也重回玩家身分。這次率領門口隊，始終將露天浴池隊拿捏於股掌之間。此刻，她的手還掐在幽鬼脖子上。她已成長成這樣的玩家了。

御城理解到，就是她，這個曾將她修理得體無完膚的女鬼，就是露天浴池隊的遲到玩家。解決門口隊偵察小組的人，沒想到遊戲結構而失去下足牌，要隊員硬衝的人都是她。是她不會錯。

幽鬼她——

沒有動作。就像要害被針扎進去一樣，全身動也不動。

不知道為什麼，腦袋一片空白。或許是見到意想不到的人物而過於震驚，也可能是「三十之牆」的低潮魔咒到達了頂峰，或頭轉得太快，造成了突發性暈眩，抑或是上述全部同時發生，腦袋一時處理不來而當機了。即使到了這關鍵時刻中的關鍵時刻，幽鬼仍傻了好幾秒。

御城她——

左手拿著鏡刀——是從男孩長相的玩家手裡搶來的。對於眼前幽鬼正處於恍神狀態，根本無法圓滿防禦，御城無從知曉。她只要隨手揮幾刀，就能輕易奪去幽鬼的性命。

不過，御城出的不是左手，而是右手。

誓言向眼前的女人雪恥而取回的右手。

她攤平的右手，狠狠打在女鬼臉上。

甩了她一巴掌。

並且大吼：

「——太難看了吧！」

（31／41）

好響亮的巴掌。也就是說威力不強。聲音大表示大半能量都化為音波，對幽鬼的傷害應該不大。

可是當時的幽鬼腳沒站穩，威力不強也仍打得她一屁股跌在地上，在這死亡遊戲中以遲緩得可笑的動作蹣跚地爬起來。

御城也在等這一刻，朝她的臉就是一記膝擊。

「太難看了吧！太難看了吧！太難看了吧！啊？」

御城對倒地的幽鬼一踹再踹，每一腳都帶著怒罵。在幽鬼的印象裡，御城是個更為端莊的人，難道是幾個月不見，她已經放棄了大小姐口吻嗎？

不——不對。

是幽鬼使她放棄的。使她憤怒到無法維持的。

「請問妳這是什麼樣子！這樣也算是『CANDLE WOODS』的倖存者嗎！」

大概是怒氣消了點，大小姐口吻又回來了，變得跟當初一樣。腳也不踢了，幽鬼得以連滾帶爬地逃開。

還以為御城一定會說「給我站住」，實際上說的卻是「別過來」。對象不是幽鬼，而是周圍一大群門口隊成員。

「妳們不准出手！我要親手解決那個女的！敢來亂的我一起殺！」

（32／41）

幽鬼逃跑，御城緊追。女鬼開溜的窩囊樣，讓御城更惱火了。御城一路爬到這個場次，可不是為了看那種東西。

腦中只有一句話不斷打轉。

我饒不了妳。

我饒不了妳。我饒不了妳。不許那個女的當著我的面夾著尾巴逃跑，不許她弄得這麼難看。御城是為了向當初屈服了她的女鬼——幽鬼報仇，才能夠堅持到今天。可是——她怎麼會淪落到這種地步？打贏那種廢物也沒意思。與她的對決，應該是要更戲劇化一點才對啊。從谷底爬回來的御城，對上比當時更為出神入化的幽鬼，雙方招式用盡，最後由御城險勝。不這樣怎麼行？如果不是這樣，怎能實現御城的悲願？

御城追著幽鬼，回憶浮現眼前。

第九場遊戲的事。已經十分習慣義肢師傅打造的新右手，回歸遊戲的那一次。這次讓她明白，自己以為已經習慣義肢是大錯特錯。不僅在遊戲中失去了義肢，連右手上臂都沒了，只好再請義肢師傅重新打造。在御城的記憶裡，這比第八場遊戲還要屈辱。

第十七場遊戲的事。這是以廢校為場地的逃脫型遊戲，觸犯「校規」會受到懲罰。隨著遊戲經驗累積，御城不知不覺地成長茁壯，學到養成習慣以後最容易發生人為疏失。在雙手雙腳，以及部分內臟受到懲罰，能動的比不能動的少的狀況下，御城像毛蟲一樣用爬的完成了遊戲。這是她負傷最重的一次。

挑戰「三十之牆」時的事。場地是一整個村莊，需要打敗每晚都會進村吃人的「怪獸」。廢棄大樓那一次，使她對獸類產生了陰影。光是野狗叫個幾聲，她都會嚇得渾身一抖。這樣的她，在這場遊戲裡是什麼狀況呢？不誇張，第一晚就嚇到口吐白沫。第二第三晚也都只會瑟縮發抖，一點用處也沒有。讓她不再發抖的，是右手也像御城那樣被吃掉了的少女——狸狐。若不是因為這件事，她也不會收狸狐作徒弟，現在也不會在這裡了。

每一次遊戲，都讓她吃足了苦頭。

繼續前進，都是為了給那個女的好看。

我努力到現在，這個女的卻變成這樣，到底在幹什麼？

然而——

「去死！」

她終於連這麼直接的話都罵出口了。

「竟敢糟蹋我的感情！給我以死謝罪！」

直到這一刻，水汽另一邊的幽鬼才開始有抵抗的意思。

「妳……妳在說什麼？我對妳做了什麼嗎？」

「妳是想裝傻嗎！這個混蛋！也不替我的心情想一想……！」

御城再也控制不了自己，想到什麼就說什麼。

「妳窩囊成這樣是什麼意思！簡直跟以前的我一樣！那天突然出現在我面前，跟神一樣的妳到哪裡去了！」

大概是說中了痛處，對話又成立了。

「不要隨便把我封神！我也是人！會有狀況不好的時候！我也是很拚命的好嗎！」

「給我閉嘴！」

御城的話讓幽鬼實在搞不懂她究竟要不要人回答。

「什麼叫拚命！我比妳拚命多了好嗎！從填補劣勢開始，我把過去的自己完全否定掉了耶！經歷也比妳壯烈得多了！所以我才有現在的成果啊！」

「——囉唆耶妳！這我當然知道啊！」

有東西撕裂水汽而來。是鏡刀。這種鬧脾氣的亂丟連躲都不需要躲。刀穿過御城的右側，叮叮噹地滑過磁磚地。

御城追上了女鬼背後，用右手抓住她濕濡的頭髮拉過來，同時反手刺下左手的鏡刀。

「我對妳太失望了！」

並在一連串動作中叫道：

「本小姐啊！拚命玩到了四十次，不是為了再見到現在這種爛貨的好嗎！」

（33／41）

這句話——

使幽鬼怦然心跳。

（34／41）

即使在頭髮被扯，刀尖愈逼愈近的這一刻，幽鬼的腦袋仍一片空白。處在什麼也無法思考，只靠神經動作、對話的狀態下。

而那空白的心，冒出了一段確切的芽。

隨後爆發性成長，填滿她的心之後逐漸凝縮，歸結成兩個問題。

四十次？

那樣的人？

那事實比御城的任何辱罵都更深深刺入幽鬼心中。還以為御城那樣一副大小姐樣的惱人玩家，會永遠被自己踩在腳下。結果她，那樣的她，居然早就突破「三十之牆」，登上更高的位置，還居高臨下對幽鬼說那種話。這讓幽鬼實在很不甘心，然後──

不想就這麼死去。

我不要，我不要這樣死去。我已經有半路陣亡的準備，哪天突然被車撞死也沒關係，也接受了被「三十之牆」魔咒搞死的可能，就是不想死在那種人手裡。我唯獨不能接受這種死法。被膠囊噎死都好過這樣。被那種「爛貨」幹掉的事，我實在

吞不下去。

在鏡刀刺中幽鬼前，她的心臟又跳了一下。

不用刻意也能呼吸。腦袋的溫度也降到和心一樣了。

原來啊——原來是這樣。

幽鬼暗想，原來她在廢棄大樓就是這種心情。

下意識移動的右手，抓住了御城的刀。

（35／41）

幽鬼的右手在一瞬之後才感覺到痛。這是當然，因為她空手抓住了刀刃。直接拿鏡子碎片就很危險了，再特地磨過的凶器，危險性自然是不在話下。

那是她的垂死掙扎。

所謂窮鼠齧貓，這是常有的事，尤其是在這樣的遊戲裡。然而，御城的表情卻驚訝得像是見了不可能的事。

幽鬼自己也很驚訝。因為前一刻的幽鬼，應該做不到這樣下意識的防禦。

雙方都愣了一、兩秒時間。

先回神的，是幽鬼。

往就在面前的御城一頭撞過去。

「……！」

御城踉蹌了。

幽鬼趁隙逃走。「給我站住！」叫停的聲音隨即飛來，還能聽見腳步聲。

在澡堂中全速奔跑之餘，幽鬼不忘注意周遭。

有很多人的感覺，都是門口隊，御城的手下。先前的四十餘人已經回來了吧，數量很多。她們都聽從御城「不准出手」的命令，乖乖在旁邊等，但只要她一死，她們就會解禁殺過來吧。一言以蔽之，狀況很絕望。

可是幽鬼的心火沒有因此減弱。她在心裡不斷重複著一句話。

我怎麼能死。

我怎麼能死。

我怎麼能死。

「我怎麼能死！」

才剛喊出口，幽鬼的右腳一陣刺痛。

她當場跌倒，滑過地磚。過程中，她往右腳底看去。

一個橘子髮飾刺在上面。

幽鬼踩中了葉子的尖端。是哪個玩家掉的吧，居然會踩中這種東西，未免太倒楣——看來「三十之牆」的詛咒還在繼續。

現在右腳難以負荷全身體重，於是幽鬼採取了負荷輕的行走法——也就是手腳併用。不試不知道，其實效果出奇地好。不必擔心在滑溜的磁磚地上打滑，壓低姿勢也能使身形隱藏在水汽之中。話說吾妻最早那時，也是因為壓低了姿勢才會被她壓制。這說不定是最適合這場遊戲的移動方式。

幽鬼這麼想著，抵達了目的地。

她維持速度，一把拾起掉在那裡的鏡刀。

幽鬼特地繞了個半圓，回去撿先前對御城扔的刀。有這個就能跟她對等——更勝於她才對。因為御城多半不會注意到她多了一把刀。這裡有水汽遮掩，撿刀時也沒犯下發出聲音的錯誤，應該還認為幽鬼是空手。

轉過身，果真見到水汽另一邊的灰黑人影以並不警戒的速度逼來，揮著刀出現在幽鬼的攻擊範圍內。

幽鬼用一隻手架開她的攻擊。

並以另一隻手揮出鏡刀。

看來御城是真的沒想到幽鬼有刀，臉上又是一陣錯愕——

但那把刀沒能入侵她的體內。

被她水嫩的肌膚彈開，啪一聲斷了。

這次換幽鬼錯愕了。沒錯，這種刀最大的缺點就是以鏡片製成，很容易損壞。即使外觀上沒有傷痕，也很可能在某處出現了裂縫。

凝固的時間動了起來。

幽鬼交叉雙臂縮小身形，以防禦御城的刀。「防腐處理」會迅速抑制出血，要擊中要害才會造成有效打擊。幽鬼維持這樣的姿勢，不管攻擊哪裡都不會滿足這個條件。

可是，御城的下一擊不是用刀。

是往幽鬼雙手交叉處用力一推。力量並沒有特別大，但因為幽鬼重心放低，很

輕易就倒下了。

一頭栽進背後的浴池裡。

是草藥池，水有顏色，睜眼也看不見什麼東西。幽鬼口鼻直冒泡，急著想抬頭，可是御城的手出現在她面前，死死地把她壓回水底去。

被壓在水裡，無法獲取氧氣。

幽鬼停止呼氣，抓住她的手。這一抓才發現，那明顯不是人肉的觸感，表示那是右手。御城在過去的遊戲裡失去了右手，所以那是義肢。不知在哪買的，材質很硬，在水裡似乎不能對那怎麼樣。於是幽鬼改變方針，激烈擺動雙腿。

用腳勾住御城站在池裡的腳，用力一拉。

御城在水裡，不會站得像地面那麼穩，也就是變相的足掃。御城的雙腳一下就失去力量，幽鬼還透過池水聽到她的頭叩一聲撞上池緣的聲音。

重獲自由後，幽鬼把頭抬出水面。

御城背對幽鬼，按著頭想爬出浴池。幽鬼往她背後逼近。

在貼身距離時，御城忽然轉身。

一段記憶醒了過來。沒錯，兩人邂逅時就是這樣。御城等對方逼近再突然轉身，用她招牌的公主捲遮掩對方視線，趁隙用磨利的指甲攻擊對方頸部。那多半是御城的拿手好戲，當時幽鬼完全中招。

可是——

「這招我已經破解了！」

同時，幽鬼用右手掃出浴池，將大量池水潑在御城臉上。

淋濕的頭髮，無法擴散到遮蔽全部視野。

這使得幽鬼得以避開御城攻擊頸部的刀。

然後又一次頭槌，撞得御城放開了刀，幽鬼在它掉進浴池前搶先接過。

並以流水般的動作回敬御城的脖子。

「……！」

御城對幽鬼伸出雙手。

但也只是伸出來而已。她整個人很快就癱進浴池裡，露出愉悅至極，再厲害的名泉也給不了的表情。

幽鬼爬出浴池，以誰也聽不見的音量說聲：「GOOD GAME。」

沒有確認生死。

（36／41）

幽鬼手腳併用爬向出口。出口附近有無數充滿敵意的氣息，但非去不可。幽鬼沒有不衝的選擇。

現在不過是打倒了門口隊的首領御城，不會因為這樣就繼位成首領。儘管幽鬼最近小有名氣，但對方不可能就此放過她，與她們交戰是無法避免的事。

噠噠噠，許多腳步聲逼向幽鬼。

放馬過來吧。

延長賽開始了。我一樣不會輸給妳的手下。

（37／41）

狸狐在按摩椅上回想。

與師父認識的經過。

（38／41）

狸狐參加這遊戲並沒有什麼值得一提，冠冕堂皇的理由。和大多數玩家一樣，只是對世間的一切感到厭煩，死活都無所謂，所以來嘗試這遊戲。

第一次遊戲，狸狐就受了重傷。那是對抗食人怪獸的遊戲，大半肢體都被怪物吃掉了。雖然靠「防腐處理」撿回了一條命，被怪獸消化掉的肢體也回不來了。喪失肢體會使人喪志，在這種狀況下生還能做什麼？接下來該怎麼辦？不如讓牠殺了我算了——狸狐甚至有這種念頭。

沒有死，是因為有個人特別照顧她。

那正是御城。當時她似乎是第三十次，已經是高等玩家了。結果一遇到食人怪獸就嚇得口吐白沫昏過去，一開始還在想這個人是不是來搞笑的。可是過了一、兩晚，她逐漸發揮出高級玩家的風采，最後引導大半玩家邁向勝利，從怪獸口中救出狸狐的也是她。若不是她，不會有這種半死不活的事。

「我有我的使命。」御城對狸狐說。

狸狐想不太起來地點是哪裡，只記得自己仍是手腳殘缺，可能是在遊戲結束後的車上或病床上，也可能是去找義肢師傅的路上。總而言之，御城在某個時間點跟狸狐有過這樣的對話。

「有個叫幽鬼的玩家害我丟光了面子。我玩到現在，就是為了再遇見她，把我當時的屈辱丟回去。」

這種話，狸狐聽了不只一次。御城聊幽鬼的次數頻繁到數不勝數，狸狐都有點懷疑她是不是腦袋出了問題。說來說去都是像女鬼一樣的玩家，幽鬼，在過去遊戲中和御城梁子結大了。

「只因為……這樣嗎？」

而狸狐的感想也每次都一樣。大部分的時候她都是放在心裡，可是當時的她直接問出來了。

「只因為這樣。」

御城回答：「我好恨，不想輸給她。人就是會為了這點理由去拚命的動物。」

真的是這樣嗎。連「這點理由」都沒有的狸狐實在無法理解。

「我看妳真正缺的不是手腳，而是使命。先把這個缺口補起來再說吧。」

看樣子，如此連主辦方的醫療技術都無法修復的重傷——腳被炸成碎片、被野獸消化掉等——並不是無法彌補。自己的手腳的確是弄不回來了，但能裝上新的手腳。遊戲背後有個「義肢師傅」，專門替失去肢體也想要繼續奮鬥的玩家打造義肢，御城就是準備帶狸狐去找他。

「那個——」

知道這件事後，狸狐問：

「為什麼這麼好心？」

御城不僅從怪獸魔爪中解救狸狐，還在事後扶持著她的身心。狸狐不懂她為何要對一個素昧平生的女孩費這麼多心力。

「好心？」

御城嗤嗤笑著回答：

「我才不是那麼高尚的女人。」

狸狐仍記得御城當時的表情，連攪著冒泡大鍋的巫婆都不會那麼詭異。

「該從哪說起呢……狸狐，妳對『自我』這東西有什麼看法？」

「自我？」

「在這個世界，妳認為有哪些是屬於妳自己？衣服、眼鏡、耳環這些東西，在這個範圍裡面嗎？那麼與妳分開了的頭髮或指甲呢？那以後要裝在妳身上的義手義腿，又該怎麼算呢？」

狸狐不懂她為什麼問這些。對她來說，稱得上自己的就只有這副剩下一半的肉體而已，而她也這麼回答了。

「我自己的定義，比那還要廣一點。雖然我不會在之前舉的例子上感受到我自己，但我會從自己下的命令——命令所造成的結果，深深感受到自己。就像請殺手殺人，會覺得是自己殺的一樣。」

這例子就好懂多了，狸狐也會有同樣感覺。

「那麼，問題來了。」

御城摸著狸狐的臉頰說：

「如果對方是由我續命、由我指引、由我提供志向，全身每個角落都是因我而成的人，那又是如何呢？如果是完全受我掌控的人呢？那個人所做的一切，不就是等同於我自己做的嗎？不就是等於我自己了嗎？」

御城這時候的眼神，是那麼地溫柔。

這也是當然的，她又不是要吃了狸狐，而是準備接納她成為自己的一部分。

「看在妳說實話的分上——我就趁現在先告訴妳吧。這種事我已經做過好幾次了，妳是第五個。前面四個裡，有兩個已經死了，另外兩個則是很成功。妳只要活得夠久，遲早會遇到她們。」

御城湊上臉，對她耳語：

「回到使命上吧。就讓我為內心空虛的妳灌注一個使命——成為我的徒弟吧，狸狐。直到永遠，至死不渝。」

——原來是這樣啊。狸狐心想。

這個人，在複製她自己。她想要能成為她右手的人——不——甚至是能代替她全身的人。解救狸狐，這樣呵護她，就是因為這個緣故。在精神上像個空殼的狸狐，極度適合成為她的容器。

怎麼樣都算不上是「好心」。

狸狐甚至覺得害怕。

而更可怕的是，狸狐甘願接受了御城的要求。欠缺使命這點，真是一針見血，御城很快就看透了她最需要的東西，一番話有如醍醐灌頂，使她全身發麻，亟欲服

侍這位救命恩人。希望御城多使喚她一點，多命令她一點。

「我現在賜給妳第一個命令。」

狸狐全身上下每一個細胞，都在拜聽御城的命令。

「要是我敗給那個女的，狸狐，妳要接下我的位子。」

（39／41）

打倒十人以後，就沒人再來挑戰幽鬼了。

或許是拜御城的統馭力所賜，門口隊的團隊合作能力不錯，個體就顯得很平凡了。除御城以外，似乎全是菜鳥。而現在幽鬼又找回了最佳狀態，很輕易就突破了門口隊的防線。

她直接穿過更衣室，掀開門簾，往門口走去。

一如幽鬼想像的畫面映入眼簾。首先見到的是兩座鞋櫃，轉頭一看，有另一面門簾，印有「銀」字，幽鬼剛過的這面是「金」字。藏於各處的下足牌，材質很可能兩邊不同。鞋櫃再過去是脫鞋區，再過去就是所有玩家渴求的出口。這中間的空間倒了幾具屍體，透露著必須穿鞋子出去才行。

活人除了幽鬼外，只有一個。

有個少女坐在按摩椅上，給人的第一印象像小動物一樣，實際體型也很嬌小。坐得不深，是因為腳搆不到地。少女見到幽鬼的反應非常震驚，用力跳下按摩椅。

然後說：「難道——妳是幽鬼？」

「妳認識我啊？」

「御城小姐經常提到妳……」

「經常提到」吸引了幽鬼的注意，那暗示這名少女和御城的關係不是今天才開始。難道她是御城的徒弟？

用盡力氣試圖威嚇的聲音，從少女口中傳來。

「妳為什麼可以來到這裡？御城小姐怎麼了？」

「妳覺得呢？」

「是我在問妳！」

「不知道。」

幽鬼邊答邊往鞋櫃走。

「這是逃脫型遊戲，沒有確認對方生死的必要。」

幽鬼轉向前方，右側鞋櫃裡果然插著銀色下足牌。兩座鞋櫃各有三十五格，總計七十，其中超過六十格已經插了牌。大概比門口隊總人數還要多。

幽鬼想借雙鞋來穿，少女卻來攔路。

「做什麼？」幽鬼問。

「御城小姐命令我，不准讓任何人打開。」

「是喔。」

幽鬼繼續走，少女仍不讓開。

「御城小姐說過，要是她有個萬一，我可以認真打。」

「那就來啊。」

少女沒回答。

腳在木板地上一蹬，衝向幽鬼。

幽鬼認為自己能躲開。就算她胸部長出加特林機槍，距離也應該足夠躲開。

這樣的誤判，使她完整受到少女的衝撞，整個人砸在牆上。

（40／41）

一時間，幽鬼甚至無法理解發生了什麼事。

時間短暫，是因為幽鬼背上的疼痛告訴她「快回神」。整個背部紮實撞上牆的幽鬼把腦袋用力甩醒，抬起頭來。

而少女已經逼到她面前了。

手隨即朝她揮了過來，幽鬼立刻採取防禦，可是逐漸恢復最佳狀況的腦子，告訴她這是個錯誤。不能擋，說什麼也得閃開。

少女的手，接觸了幽鬼交叉的雙臂。

就這麼穿過去了。

幽鬼的雙臂，在沒有關節之處彎曲了。

「——啊。」

幽鬼往下看，見到打彎她雙臂的拳停在那裡。拉回視線時，她的手已經往回收了。似乎是距離還不夠擊中雙臂後方的——幽鬼的胸口。

有此認知時，遲來的疼痛蓄足了力似的爆發。

「嘎啊啊啊啊啊啊啊！啊啊啊啊啊啊啊啊啊啊啊啊啊啊！啊——」

叫聲中斷，是因為幽鬼的臉被揍了。

幽鬼用雙手——下臂無力搖晃的雙手保護頭部，少女仍繼續揍下去。兩拳，三拳，四拳，五拳，以一定的節奏毆打，每一拳都重得不似少女所為，簡直像啞鈴般。幽鬼能夠很肯定地說，那不是人手的觸感。

和御城一樣，手是人造的。

而且腳多半也是。

被當沙包打的幽鬼心想，御城自己就是一例，這個遊戲允許裝備義肢。雖然不能裝設電擊棒或刀械等武器，但是過去某殺人狂那樣在皮膚底下植入裝甲板、能打出超重力道的堅硬材質，或是讓行動力比肉身更敏捷的腿，是受到允許的。在不准攜帶武器這條規則範圍內，能變通的其實很多。

對方具體上做了哪些改造，不得而知。

總之這少女的體重和力氣都很不少女，最好別把她當人看，應該視為人類體型的殺戮機器人。

少女仍不停猛攻。雙手遭到摧殘的幽鬼，也仍在伺機反擊。她不像少女把自己弄得跟生化人一樣，從頭到腳都是父母給的肉體。應為少女師父的御城，也只是不得不以義肢替代右手，其他都是肉身。就連說過不先在裝備上取得優勢簡直天真的殺人狂，也僅止於用幾片裝甲板保護要害而已。

為何每個人都如此執著於肉身呢。

答案很簡單。

因為每個人都知道，捨棄肉身的玩家活不久。

幽鬼抬高膝蓋，肉身的膝蓋擊中了少女的下顎。即使被按在牆上單方面毆打，幽鬼也製造出了足以膝頂的空間。看來她再怎麼樣也改造不了大腦，少女出現人類下顎被擊中時理所當然的反應——腦部遭到衝擊，一時間無法行動。

幽鬼趁隙跑過少女身旁。

奔向鞋櫃。

大概是先前那次衝撞的影響，有幾格開了，裡面裝著形似保齡球鞋的鞋子。幽鬼兩隻手都不能用了，只好用腳伸進鞋櫃裡撈出鞋子，很難看地只用腳穿上鞋子踏上玄關地面。

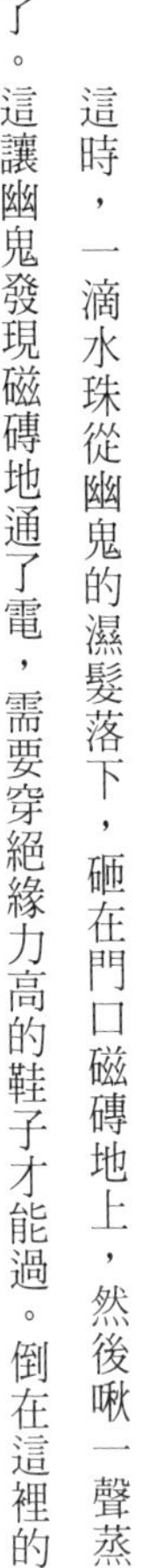

這時，一滴水珠從幽鬼的濕髮落下，砸在門口磁磚地上，然後啾一聲蒸發掉了。這讓幽鬼發現磁磚地通了電，需要穿絕緣力高的鞋子才能過。倒在這裡的五具屍體，都是碰到磁磚而觸電身亡的吧。

「別想跑！」

這一喊沒能使幽鬼回頭。

雖然接著有穿鞋聲和跳下玄關的聲音，但已經太遲。在這環境下，少女追不上幽鬼。儘管她外觀比幽鬼嬌小得多，算上手腳材質，其實比幽鬼還要重，表示速度上是幽鬼占上風。剛才少女使出的衝撞，在手碰到地面就會死的狀況下，應該是不能用才對。

但才剛這麼想——

「呃啊……！」

幽鬼被撞飛了出去。

方向是斜前方，撞上了玄關的牆。還以為自己要一命嗚呼了，幸好牆壁沒通電。但幽鬼沒時間喘息，摩擦牆壁似的回頭看。

少女用手撐在地上。

她的手，穿著鞋子。

少女的雙手雙腳，總共用了四隻鞋子。

「……太奢侈了吧！」幽鬼不禁大叫。

少女起腳，以很不少女的速度撲過來。

幽鬼往腳邊看，很幸運地——以幽鬼的現況而言幸運得難以置信，彷彿這幾個月的運氣都凝聚到了這裡——勝機，就在她腳邊。這勝機對她也有風險，說不定還是「三十之牆」最後的陷阱，可是她別無選擇。於是她祈求老天保佑，抬起了右腳。

腳尖，踢起了地上的屍體。

說是踢起——也只是近乎抬腳的無力一踢，屍體也沒有直接往少女飛過去。充其量只是將屍體的腳稍微往上掀而已。

不過，這就夠了。

那隻腳，碰到了少女的腳。

少女的臉像換成人造物一樣瞬時慘白。

常有的事。想救觸電的人卻直接碰到對方，造成連鎖觸電。救人者反成受害者。在這個沒衣服可穿，皮膚沾滿水珠的遊戲裡，更容易發生這種事。

啪滋啪滋。幽鬼這才知道觸電真的會有這種聲音。

瞬間斃命。少女——現在才想到沒問過名字的少女，就此倒下。整個人趴在磁磚地上，電刑變得更猛烈了。不知她是在哪個時間點死亡的，總之她再也沒爬起來了。周圍靜得彷彿剛才的戰鬥從未發生，只有幽鬼雙臂的疼痛是唯一的刺激。

幽鬼不禁吐出一口氣。

不是鬆口氣，也不是嘆息，像是調整肺裡過多的空氣。

接著走向出口。由於害怕踢屍體時右腳鞋子沾了水，她右腳沒再著地，用左腳跳出去。沒有犯下半途摔倒這種愚蠢失誤，順利通過出口。

澡堂外是停車場，一整片都是黑頭車，大概跟玩家人數一樣是一百輛。幽鬼的專員可能是會和「觀眾」一起觀戰吧，已經在出口旁等候了。

「辛苦了。」

她若無其事地說：「我是很想送您回家……可是要先去醫院吧？」

幽鬼看看自己。身上只裹著浴巾，沒任何衣服，雙手又斷得亂七八糟，像外星怪物一樣。

她連說話的力氣也沒有，只是把頭向前倒，表示同意。

（41／41）

3. CRIMSON LAKE

（0／2）

玩家名稱：吾妻。

拒絕上學，無法融入正常社會任何一個團體，想找不太需要與人接觸的工作，最後選擇當玩家。一生都在與「人無法獨立生存」這原則抗戰。

玩家名稱：花梨。

沒落貴族，曾是不食人間煙火的小公主。但在財富一夜之間化為烏有，沒機會在社會上展翅高飛後，只剩下加入遊戲一條路可走。到最後都沒能獲得獨立生存的能力。

玩家名稱：水戶。

她是個蠢蛋，心裡某個角落以為自己不會死。把遊戲當作特別有臨場感的連續劇，一再反覆參加。就連腦袋被按進浴池而窒息致死的前一刻，自己最後一定會得救的幻想都不曾動搖過。

玩家名稱：亞門。

意圖自殺者，心裡總是被一死百了的念頭填滿，根本無法進行遊戲。幽鬼提議硬衝時，她有點害怕幽鬼的聲音，不想惹她生氣才舉手的。腦袋始終是恐慌狀態，被壓進浴池裡時和過去沒什麼不同。

玩家名稱：蕨。

她是為了尋求刺激。平凡地上學、就職，和同事與上司都相處得不錯，但總是覺得哪裡不對，只有在遊戲裡才能找到真實，無法回去做虛偽的自己了。

以上，總共五人。

都是和幽鬼一起硬衝門口，最終喪命的人。

如果幽鬼做得更好，或許就有機會生還的人。

另外，留在露天浴池的五人中也死了三個。一個死於爭搶門口隊留下的兩雙鞋子，一個是在浴池中找牌時發瘋，用腦袋去撞浴池，最後一個是明白逃不出去，靠吃露天浴池樹林裡的雜草死撐了一個月，最後衰弱而死。

一百名玩家中，死了三十個。

以鞋子數量來看，已經是這場遊戲的最高分了。沒有多餘死者，是因為倖存者都有認真玩遊戲。但無論如何，這不會改變相當於死了一個班級的事實。

即使吞噬了這麼多女孩的性命，遊戲也仍會繼續下去。

不會結束，直到有人突破九十九次。

（1／2）

幽鬼在強烈搖晃中醒來。

人在車上，接送她往返遊戲的黑頭車上。往窗外一看，是她家附近。讓幽鬼實際感受到事情結束了，自己跨過「三十之牆」了。

專員坐在駕駛座，透過後照鏡見到幽鬼醒來後道早。

「幽鬼小姐，恭喜您完成三十次遊戲。」

僅此而已。該說的話應該還有很多，她卻這樣就結束了。

這遊戲的專員大致分為兩類，一種是不做份外工作的放任型，一種是會嘘寒問暖的監護人型。幽鬼的專員屬於前者，很少與幽鬼對話。

幽鬼不太懂得聊天，平時這樣反而落得輕鬆，可是現在就尷尬了。因為幽鬼必須主動提起。

「有件事我想問一下。」

幽鬼清楚地說出來，讓她沒有聽漏的可能。

「什麼事？」專員回答。

「這次遊戲，我最後一個起床。」

「不是都這樣嗎？」

「可是這一次，早起很重要。所以我覺得玩家的起床時間有被故意錯開。」

「喔？這樣說來，說不定真的是這樣。」

「我最後才醒——是懲罰嗎？」

幽鬼摸著肚子說。

定位器多半不在裡面了吧。和幽鬼一同參加「GHOST HOUSE」的金子，其父親金子努先生，交給幽鬼一個裝置，要她協助毀滅這遊戲。幽鬼從淋浴間醒來時，就覺得主辦方已經移除那個裝置了。

吾妻說出她和其他人差了多久時，她就已經相當肯定了。當然這也可能只是巧合，畢竟這次是最有問題的第三十次遊戲，玩家有一百個，偏偏最後一個醒也沒什

麼好奇怪的。然而，往並非如此的方向想，一切卻又非常合理。

「任憑想像。」

專員答道：

「我能說的只有——那實在是不能縱放的事，畢竟關係到我們的存亡嘛。在遊戲上動手腳這種事固然下流，但也不能什麼也不做吧。」

「根本等於是承認了嘛……」

「有什麼關係，您還活著嘛。」

後照鏡裡，專員挪動她的眼睛。

「不過呢……算不上是無傷呢。」

幽鬼往雙臂看。在最後的最後，被少女瘋狂痛毆的雙臂——直得像從未經歷過那一切，但還是缺少了某些部分。

左手，從中指到小指都沒了。

「聽說是掉在玄關地磚上了，以我們的技術也無法復原。非常抱歉，幽鬼小姐。」

看來是不知不覺掉了。當時幽鬼是拚了命在逃離少女的追擊，無暇他顧。自己終於也來到了這一步，身上出現不可逆的缺損。感覺就像第一次開耳洞的國高中生一樣特別。

這樣無法參加下一次遊戲，得先從取回手指開始。只能去拜託應也協助過御城的那位「義肢師傅」了。

「非常抱歉，幽鬼小姐。」

專員再次道歉。

「這次遊戲，給您造成不必要的心理負擔了。此後不會再發生這樣的事，請儘管放心。」

「……？那是什麼意思？」

說法感覺不太對勁，使幽鬼不禁想問清楚。

專員用與先前如出一轍的口吻說：

「任憑想像。」

接著說：

「我能說的只有——我是發自內心支持各位玩家。這世上有很多人等著著欣賞各位不顧一切，只求勝利的模樣，或燃燒靈魂的決死精神，我也是其中一個。若有

人企圖搗亂，無論再怎麼辛苦，我都會剷除他們。」

幽鬼沉默不語。

專員是第一次說這麼久的話。幽鬼認為，專員並不是想用一長串胡言亂語蒙混過去。說這麼多話，是因為那全是心聲，因為那是她心底最深處的信念。

車停了。就在幽鬼的巢穴，那間破公寓前。平時專員都是在幽鬼醒來之前就將她送進家門，但這次比較早起，必須自己走一段了。

「之後也拜託您了，幽鬼小姐。」

專員拿出一包裝在塑膠袋裡的東西。

是這次遊戲的服裝——薄浴巾。

「哈。」幽鬼輕笑一聲。不僅是因為服裝是條浴巾很滑稽，主要是專員應是在鼓勵幽鬼的話，居然比之前金子先生的話更令人發毛。

幽鬼接下浴巾，回答：

「沒在怕的。」

（2／2）

解說

久追遙希

事先聲明，這無疑是部讚否兩極的作品。

會見到這段文字的讀者，或許都是一二兩集這樣看下來，也就是接受了《靠死亡遊戲混飯吃。》作品性質的人。然而我相信，劇情仍對各位造成了一次又一次的震撼。

因為這部作品裡，發便當的力道實在太驚人了。

一般而言，輕小說可說是賣角色的小說。一個有魅力的男主角，再加上一個或複數女角色，以及他們身邊各種富有特色的角色。看他們一集又一集地出場炒熱氣氛，無疑是看輕小說的樂趣之一。

但在《死亡遊戲》裡，卻徹底避開了這一點。除了主角位置的「幽鬼」外，其他角色都活不下來。主題變成她們臨死前的遊戲，即使讀者對角色的沉浸感非常高，但那基本上不會延續到下一場遊戲。在這樣的構造下，很難出現幽鬼以外，能讓讀者長期推下去的角色。不過，這的確也有提高寫實度的部分在。因為我們讀者對她們的認知不再是「反正一定會生還的角色」，而是「不知何時會殞命的玩家」。因此，本作擁有能讓讀者保持緊張，翻到最後一頁的力量。

就這方面來說，這篇故事是非常地直接。

聽說MF文庫J輕小說新人賞有死亡遊戲類型的作品獲得優秀賞時，我還以為故事裡會有某種「變調」。例如打著死亡遊戲的招牌，卻是以描寫可愛女角色的互動為主，或是鑽漏洞攻略遊戲的痛快動作小說……等等，不知不覺往「閃躲」的方向想。可是《死亡遊戲》卻是直球對決的死亡遊戲，而且沒有多餘的血腥描述，也就是不賣血，純粹是以會死人的遊戲為題材。這或許不是人見人愛的作品，但我想至少無論誰都能認同書名和主題是貨真價實。

傷腦筋的是——或者說可喜的是——《死亡遊戲》這作品在這樣的主題下，也仍在編排上用了心來娛樂讀者。關於這部分，可以明確地給一個「讚」。一進入日常部分，對幽鬼的描述就會變憨，在一些簡單的描寫上也有讓人會心一笑的安排。在正式攻略遊戲的部分，則省略不必要的資訊，將讀者漸漸拉入遊戲裡。再說得細一點，分章節的○／□分數寫法也很好。分母的數字代表「遊戲結束」，比單純的數字或記號，能更直觀地品嘗故事。這樣的用心隨處可見。

正因為作者自知主題不是任何人都能接受，不依賴角色或設定等投機方式，將勞力投注在提升品質上，才能造就如此獨一無二且刺激的閱讀體驗吧。

「……GOOD GAME。」

我，幽鬼，
跨過了「三十之牆」。
並取回失去的手指，完全回歸。
下一個目標，
第四十次也成功克服了。
現在過著一帆風順的
玩家生活。
可是——
前方突然烏雲密布。

「與其讓妳動手——
我不如自己去死！」

「不管被誰盯上都不准怨對方！可以嗎！」

「與其墨守規則，攻擊到瀕臨底線
才符合我的作風。」

第四十四次遊戲
「CLOUDY BEACH」，
找來了許多超過三十次的高手。
我在那裡見到了，
被砍得四分五裂的遺體，
彷若那可惡的殺人狂又回到人間。
為尋找犯人，
玩家們在絕海孤島中四處奔走。
然而犧牲者仍不停增加，
就像在嘲笑她們一樣。
最後——我面對的是
「CANDLE WOODS」
那個人的繼承人。

「目前犧牲者還只有兩個。
如果想要結束遊戲，還得再死一個才行。」

「……我們又見面了。」

「該思考的事
其實非常明顯——到底是怎麼死的？」

「又有三個超過三十次的啊？」

「當時我不在場，是從妳『師父』那聽來的。」

「一定要穿著泳裝睡嗎？」

「有時穿制服漫步遊樂場，
有時一身泳裝現身在海灘，
我們都靠死亡遊戲混飯吃。

「海平線上
看得到陸地嗎？」

靠死亡遊戲混飯吃。
第3集即將發售，敬請期待！

異修羅 1～5 待續

作者：珪素　插畫：クレタ

為求真正勇者之榮耀，寶座爭奪戰白熱化！
2021年《這本輕小說真厲害》雙料冠軍！

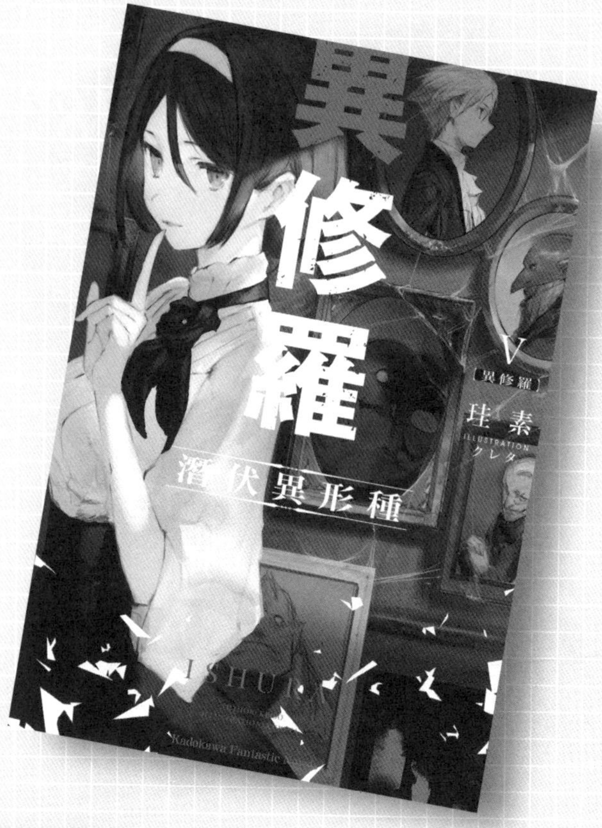

在眾人的各懷鬼胎之中，第五戰以無疾而終收場。接下來的第六戰裡，將由窮知之箱美斯特魯艾庫西魯出戰奈落巢網的澤魯吉爾嘉。面對不只能運用彼端的兵器，還能於無限的再生復活後克服自身死因的最強魔像。小丑澤魯吉爾嘉將會──

各 **NT$280~300/HK$93~100**

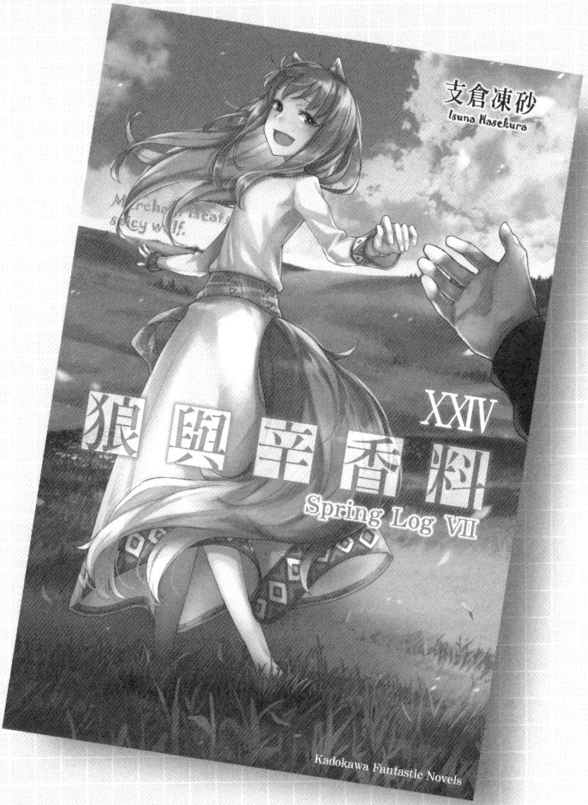

狼與辛香料 1~24 待續

Kadokawa Fantastic Novels

作者：支倉凍砂　插畫：文倉 十

賢狼與前旅行商人幸福生活的第七集開幕！
羅倫斯與女商人伊弗再度碰頭，她是敵是友!?

有個森林監督官找羅倫斯求救，說有片寶貴的森林即將消失。原來托尼堡地區的領主為將來著想，決定開闢森林，而領民們卻想留下這片祖先世世代代守護至今的森林，然而預定收購這批木材的港都卡蘭背後，居然有那個女商人的影子……

各 **NT$180~250/HK$50~83**

國家圖書館出版品預行編目資料

靠死亡遊戲混飯吃。/鵜飼有志作；吳松諺譯. -- 初版. -- 臺北市：臺灣角川股份有限公司, 2024.04-
冊；　公分. -- (Kadokawa fantastic novels)
譯自：死亡遊戲で飯を食う。
ISBN 978-626-378-769-8(第2冊：平裝)

861.57　　113001902

Kadokawa Fantastic Novels

靠死亡遊戲混飯吃。2

（原著名：死亡遊戲で飯を食う。2）

2024年4月8日　初版第1刷發行
2024年10月16日　初版第3刷發行

作　　者：鵜飼有志
插　　畫：ねこめたる
譯　　者：吳松諺

發 行 人：台灣角川股份有限公司
總　　監：呂慧君
總 編 輯：蔡佩芬
主　　編：林秀儒
編　　輯：黎夢萍
設計指導：陳晞叡
美術設計：周欣妮
印　　務：李明修（主任）、張加恩（主任）、張凱棋、潘尚琪

發 行 所：台灣角川股份有限公司
地　　址：104台北市中山區松江路223號3樓
電　　話：（02）2515-3000
傳　　真：（02）2515-0033
網　　址：www.kadokawa.com.tw
劃撥帳戶：台灣角川股份有限公司
劃撥帳號：19487412
法律顧問：有澤法律事務所
製　　版：尚騰印刷事業有限公司
ISBN：978-626-378-769-8